As aventuras de
LUMINUS ODRA

Eduardo Escames

As aventuras de
LUMINUS ODRA
3

São Paulo, 2021

As aventuras de Luminus Odra: A aliança de fogo
Copyright © 2021 by Eduardo Escames
Copyright © 2021 by Novo Século Editora Ltda.

EDITOR: Luiz Vasconcelos
ASSISTÊNCIA EDITORIAL: Tamiris Sene
PREPARAÇÃO: Cínthia Zagatto
REVISÃO: Flavia Cristina Araujo
DIAGRAMAÇÃO: Nair Ferraz
CAPA: Paula Monise

Texto de acordo com as normas do Novo Acordo Ortográfico da Língua Portuguesa (1990), em vigor desde 1º de janeiro de 2009.

Dados Internacionais de Catalogação na Publicação (CIP)

Escames, Eduardo
As aventuras de Luminus Odra: a aliança de fogo / Eduardo Escames.
-- Barueri, SP: Novo Século Editora, 2021.
[(As aventuras de Luminus Odra ; 3)]

ISBN 978-65-5561-200-4

1. Literatura infantojuvenil 2. Ficção científica I. Título.

21-1684   CDD-028.5

Índice para catálogo sistemático:
1. Literatura infantojuvenil   028.5

Alameda Araguaia, 2190 – Bloco A – 11º andar – Conjunto 1111
CEP 06455-000 – Alphaville Industrial, Barueri – SP – Brasil
Tel.: (11) 3699-7107
www.gruponovoseculo.com.br | atendimento@gruponovoseculo.com.br

1

Quando você fica preso em um planeta inóspito por mais de algumas horas, tudo que acontece ao seu redor é motivo para insegurança. Quando você fica preso no mesmo planeta inóspito por um dia inteiro, tudo que acontece ao seu redor é motivo para irritação. Porém, quando você fica preso no mesmo planeta inóspito por quase uma semana, a paciência deixa de existir e o ódio domina todas as células do seu corpo.

Lá estava eu, junto com a minha tripulação em Gurnefhar, rodeados de água podre, arbustos secos e árvores retorcidas e feias. Todos se ocupavam com seus afazeres e eu pensava na vida e em como as coisas tinham dado errado desde aquela última aventura em Numba. Como pudemos perder tudo em tão pouco tempo? Eu ainda mal podia acreditar que minha nave havia sido sequestrada juntamente com KJ – meu fiel navegador androide –, que meu título de capitão havia sido revogado, que havíamos caído em uma armadilha de muito mau gosto e que eu não fazia uma refeição decente em quase cinco dias.

Isso, é claro, sem contar com o plano maléfico do general Basqe de reviver os lendários dragões siderais e usá-los como arma para fins que envolviam subjugar exércitos, aniquilar inimigos e conquistar a galáxia.

Coisa pouca.

Logo, eu tinha o direito de me sentir negativo.

Fu atravessava a clareira examinando e recolhendo cogumelos, como sempre, enquanto Parugh e Aira revezavam a ronda em torno do acampamento. Callandra, por sua vez, afiava as lanças de madeira que havíamos improvisado com alguns dos galhos mais resistentes entre os coletados no dia anterior. Já Roy fazia alguma coisa atrás da grande rocha que chamávamos de lar desde que fomos deixados para trás. Talvez estivesse cozinhando. Ou dormindo.

Eu estava encarregado de pensar num plano de fuga e mapear a área. Obviamente havia sido escalado para tal missão por ser o mais brilhante do grupo, disso eu não tinha dúvidas. Claro que estas eram as mais exaustivas das tarefas, e eu admitia que, após quatro dias, não havia obtido total sucesso em nenhuma das duas.

– Odra, você não se cansa de ficar sentado? – gritou Fu do outro lado da clareira. – Venha ajudar!

– Para sua informação, eu estou pensando num jeito de nos tirar daqui, doutor – respondi, com ironia. Fu era nosso médico botânico, mestre das poções e blá-blá-blá. Ele era um ranii, de pele completamente verde, e tinha olhos grandes no final de duas antenas que saíam de sua cabeça. – Já terminou de colher flores?

– Quais flores? Ah, sim! – ele continuou. – As flores que vão alimentar você quando cair a noite? Essas mesmas, seu folgado! Fique à vontade para caçar algum animal e nos oferecer um banquete!

– Eu juro que vou jogar essas lanças em vocês dois se não pararem com isso! – disse Callandra, minha tenente-chefe, humana como eu, interrompendo nossa discussão. – Já chega! Luminus, venha aqui.

Desci da grande pedra cinzenta onde me sentava e caminhei em sua direção. A clareira em que estávamos não era grande, nem muito distante de onde eu havia pousado a Ragnarök dias atrás. O chão estava todo rachado, mas era bastante firme. À esquerda, um pequeno morro abrigava a humilde caverna que utilizávamos para dormir todas as noites, amontoados do jeito que conseguíamos. No centro, uma fogueira crepitava, lançando tímidas labaredas no ar pesado e fedorento do planeta-pântano.

Callandra estava ao lado e, quando me aproximei, arremessou uma das lanças que afiava para que eu segurasse. Não acreditei que ela havia realmente tentado me atacar, como ameaçara fazer, mas decidi não questionar.

— Precisamos de um plano — disse ela. — Conseguiu pensar em alguma coisa?

— Nada de relevante, na verdade — respondi, sério. Sua preocupação era palpável. — Mas acho que podemos seguir para o norte. Durante minha última trilha, vi que a terra permanece seca.

— Não lembro deste planeta ter alguma capital ou base militar.

— E não tem. Pelo menos, não oficialmente. Deve haver alguma base de operação, senão como poderiam ter capturado o ogro major de Numba?

— Não sei... — Ela começou a andar em direção à extremidade da clareira e apoiou as armas improvisadas contra o tronco de uma árvore escura. — Pode ter sido uma ação pontual também. Lembre que o general disse que o túnel já existia abaixo do templo.

O que me deixava mais aflito em toda aquela situação era estar desinformado e isolado de todo o resto da galáxia. O plano do general era simples, de certo modo, e tinha funcionado muito bem até então, uma vez que a única coisa que estava lhe atrapalhando éramos eu e minha equipe. Acho que se fosse um soldado corrupto e sedento por poder, como o louco do Umbrotz, eu teria uma vida mais feliz.

Zarden Umbrotz era meu rival desde a época da academia e havia se tornado o comandante da base militar de Blum, um planeta completamente verde que havíamos investigado um tempo atrás. No meio da missão, acabamos descobrindo e desmantelando um plano maligno de reavivamento de dragões, baseado em teorias perdidas de um velho bestiário. Porém, aparentemente o nosso grande general havia criado uma curiosidade um tanto quanto gananciosa pelo projeto e resolveu dar continuidade a ele.

Daí descobrimos que, além de querer reviver as feras de poder mitológico, ele pretendia infundir nelas o DNA perfeito de um guerreiro histórico de outro planeta.

Eu deveria ter seguido o conselho do meu tio Phatos e feito um curso de gastronomia interespacial, isso sim.

– Precisamos de mais água, chefia. – Aproximou-se Roy Quita'mari, o mecânico petulante e rechonchudo de Kildar, que havia ficado preso dentro da nossa nave por engano e agora nos fazia companhia, contra a minha vontade. – Acabei com o último balde.

– Acabou como? – perguntei, curioso.

– Tomando um banho, oras – respondeu ele, dando de ombros. – O planeta já cheira a decomposição. Eu não preciso ficar cheirando também.

– Estamos racionando água, Roy! – disse, irritado. – Sabe desde quando eu não tomo um banho?

– Com todo o respeito, isso não é desculpa, Luminus – Callandra adicionou. – Todos nós estamos tomando banho diariamente.

– Mas o que é isso? E a regra do racionamento?! – Estava atônito. – Além do mais, cadê o "capitão" nas frases de vocês? Eu ainda sou o líder deste grupo, independentemente de ter o título oficial ou não.

– Odra, pare de querer atenção e ajude com alguma coisa, sim? – Fu se intrometeu, ainda do outro lado da clareira.

Naturalmente, eu fiquei bem ofendido com o que tinha acabado de acontecer. Quando dei por mim, Callandra e Roy estavam andando em direção às caixas de madeira que havíamos encontrado no dia do nosso pouso. Parugh, o ex-escravo de quatro braços e nenhum senso de estilo, havia nos ajudado a transportá-las. Dentro delas, tínhamos encontrado alguns uniformes, cintos, garrafas térmicas, sinalizadores, balas de canhões de mão, facas, cordas e outros acessórios menores – nada que fosse importante para nos ajudar a sair daquele planeta, mas tudo bastante útil durante aquele curto tempo de isolamento em Gurnefhar. De qualquer forma, decidi não continuar a briga e pensei que, se de fato a minha equipe precisava de água, eu poderia ser humilde o suficiente para interromper meus planos de fuga e ajudar com a tarefa.

2

Achar água limpa em Gurnefhar não era uma tarefa simples. Assim que aceitamos o fato de que ficaríamos presos naquele planeta por tempo indeterminado, decidimos dividir nossos afazeres e, naturalmente, este era um deles. Parugh e Callandra ficaram responsáveis por isso e se saíram bem. Haviam encontrado uma pequena fonte dentro de uma caverna, a aproximadamente trezentos metros de nosso acampamento improvisado.

O problema era que o trajeto até lá era razoavelmente complicado e, por mais que nosso companheiro poliarmo tivesse tentado deixá-lo simples e acessível para todos – vale lembrar que ele tinha quatro braços, uma pele espessa e era superforte –, sua definição de "caminho fácil" era bem diferente da nossa. Portanto, sempre que precisávamos de água potável, tínhamos que nos revezar para ir até a bendita caverna. Até lá, era preciso atravessar poças fedorentas, ladeiras enlameadas, pisar em rochas ora pontiagudas, ora escorregadias, desviar de vespas venenosas e prender a respiração ao atravessar nuvens de vapor tóxico. Isso na ida. O desafio ficava realmente interessante na volta, quando, além de passar por tudo isso, precisávamos carregar um grande e pesado balde.

Na metade do caminho, me perguntei o porquê de não fazermos aquele trajeto em duplas. Se eu morresse ali, afundado em uma poça de lodo fervente e borbulhante, quem iria saber?

Olhei para o alto e percebi que o sol estava a pino. Não conseguia ver o céu completamente, mas os raios brilhantes que penetravam por entre as folhas das densas copas de árvores me faziam suar e acreditar que, pelo menos, não iria chover tão cedo. Eu nem queria imaginar o que aconteceria com aquele pântano fedido se começasse a chover. E se houvesse uma tempestade?

Afastei tais pensamentos da minha mente e tentei acalmar o monstro da ansiedade que crescia no meu peito. Tentava respirar fundo, mas, sempre que o fazia, o cheiro acre da lama e do musgo das árvores apodrecia minhas narinas e rasgava meus pulmões.

Depois de vários minutos sofrendo ao respirar aquele gás, finalmente cheguei a uma pequena clareira de terra batida abaixo de um íngreme barranco de terra vermelha, de uma tonalidade vibrante – não havia terra assim em Kildar ou em nenhum outro planeta que já visitara. Gurnefhar podia ser inóspito e tudo mais, mas que ele era fascinante e bonito do seu próprio jeito, isso era.

Abaixo do barranco, uma pequena abertura contornada de musgo revelava uma gruta de pedra cinzenta. Era até que razoavelmente bem cuidada. Parugh e Callandra haviam feito um ótimo trabalho limpando a área para facilitar nossa entrada. Das duas tochas que tinham colocado em seu interior, o fogo queimava forte. Eram feitas de galhos compridos e vinhas secas e estavam fincadas no chão, protegidas de rajadas de vento e possíveis chuvas.

Apanhei uma das tochas e avancei caverna adentro. Ao contrário do caminho percorrido até ali, o lugar era frio e não tinha odor nenhum. Aliás, mentira. Havia um odor, sim, algo que se assemelhava a folhas de chá ou coisa parecida. O chão era de rocha maciça, e o formato das paredes dava a impressão claustrofóbica de que eu estava descendo pela garganta de um monstro de pedra.

Andei por mais alguns metros, quando comecei a ouvir o barulho familiar de água corrente e assumi que a fonte devia estar próxima. O perfume de folhas se intensificava a cada passo que eu dava, e o silêncio ganhava força, interrompido apenas pelo crepitar do facho que eu segurava em uma das mãos. O caminho começava a fazer pequenas curvas, e eu precisei me virar e voltar atrás algumas vezes para me certificar de que ainda conseguia ver a luz do sol lá fora. Não seria uma boa ideia me perder ali dentro. Fiz uma nota mental para pedir que Parugh sinalizasse o caminho até a fonte nas paredes, da próxima vez que viesse buscar água. Talvez pudesse espalhar mais tochas ou até mesmo amarrar algum cipó que servisse para nos conduzir desde a entrada.

"Eu sou um gênio na decoração de cavernas", pensei sozinho.

Após mais alguns minutos de caminhada, cheguei ao local em que o barulho da água era quase ensurdecedor. Gotículas batiam contra meu rosto e tive certeza de que havia encontrado a fonte. Apontei a tocha para a frente e para baixo e vi um modesto corpo de água que ondulava sem parar. Comecei a procurar de onde vinha o barulho corrente e me surpreendi ao perceber uma coluna de água saindo do chão, como um gêiser, no centro da grande poça. Senti também uma lufada de vento vinda pela direita e percebi que não havia mais parede ali. O chão, por sua vez, começava a descer num declive escuro, que eu decidi não investigar. Afinal de contas, com a fonte na minha frente, eu podia considerar aquela missão cumprida, não é mesmo?

Coloquei o balde no chão com cuidado e me abaixei para pegar um pouco de água. Porém, a tarefa não seria tão fácil, uma vez que eu segurava a tocha com a outra mão. Se fosse imprudente, poderia deixá-la cair na água e ficar sem luz. Por isso, me levantei novamente e tentei fincá-la com força no chão, do mesmo modo que a encontrara na entrada da caverna.

Como vocês podem imaginar, eu havia esquecido que o chão era feito de rocha maciça. A tocha se despedaçou por completo e as vinhas secas caíram ao lado da poça, ainda pegando fogo. Os pedaços de madeira que estouraram seguiram rolando abaixo pelo caminho escuro, e eu fiquei com o que restou da haste na mão.

Decidi que deveria sair de lá o mais rápido possível, enquanto o caminho estivesse fresco na minha memória e o medo do escuro, que eu sentia quando criança, não resolvesse me visitar. Apanhei o balde, enchi-o de água rapidamente e me coloquei a caminhar de volta para a clareira.

Assim que parti, me lembrei de onde havia sentido aquele cheiro tão marcante. Em uma de nossas aventuras passadas, Fu havia feito o que ele chamava de "chá de rubi". Eu recordei por conta do nome tão bizarro.

O que ele havia dito? Sim, eu me lembrava. Era feito das flores e folhas vermelhas das algas terrestres, as rubináceas, que cresciam em encostas rochosas, úmidas e bem iluminadas de planetas de climas amenos, mas também podiam crescer em locais mal iluminados, como cavernas, e nas costas de uns animais estranhos, chamados taruptos, que possuíam carapaças duras feito rocha.

Que bom que eu não estava numa caverna mal iluminada e úmida, não é mesmo?

Uma leve vibração do chão veio em logo seguida.

Quando olhei para trás, não consegui ver nada. A chama já havia se apagado e o barulho da água era aos poucos substituído por um ruído que lembrava o de unhas arranhando e dentes rangendo. Levantei o balde e o abracei forte contra meu peito a fim de conseguir mais agilidade para apertar o passo. Do teto, sentia uma fina areia e pequenas pedras caírem sobre minha cabeça, e o escuro me fazia tropeçar constantemente. Além disso, a água gelada respingava contra meu rosto a cada virada brusca que eu dava ao tentar não bater em alguma parede.

Virei a última curva em direção à garganta da entrada e fiquei aliviado por enxergar a luz do sol mais uma vez. O túnel era longo e, naquele momento, conforme a vibração do chão se intensificava, minha melhor escolha era acelerar. Quando por fim consegui chegar à clareira, arrisquei um olhar para trás e vi que cinco sombras me perseguiam e estavam prestes a emergir da caverna.

Elas saíram e soltaram um guincho esganiçado e selvagem. Agora iluminadas, consegui ver seus corpos com clareza. Não eram muito altas e, por sorte, não pareciam rápidas demais. Andavam nas quatro patas, das quais saíam três garras longas e pretas, e seus membros eram cobertos por uma pele espessa de marrom intenso. A cabeça tinha o mesmo tom escuro, seus focinhos eram longos e suas bocas, repletas de dentes negros afiados como facas.

Apesar de tudo isso já ser suficiente para me deixar amedrontado e querer sair correndo, o que mais me chamou a atenção foi a carapaça cinzenta que os cobria quase que por completo: tinha o aspecto real e rígido de pedra, e eu pude ver folhas vermelhas e roxas brotando de suas costas. Teria sido fascinante permanecer ali admirando a estrutura corporal dos taruptos se eu não estivesse correndo risco de vida.

Comecei a correr em direção ao acampamento, ainda com o balde contra o peito. Àquela altura já havia perdido metade do seu conteúdo. A água, que antes só respingava contra meu rosto, agora já encharcava minha roupa toda vez que eu precisava saltar uma pedra ou me abaixar para desviar de um galho de árvore mais baixo. A lama era escorregadia e eu mal conseguia manter meu equilíbrio, uma vez que minhas botas pesavam e grudavam no chão, e eu dependia das poças de água para amolecer o barro e continuar correndo. Os taruptos mantinham a perseguição, mordendo o ar e espumando de raiva.

De repente, me deparei com um barranco que não havia visto no caminho de ida, o que podia significar duas coisas: meu inconsciente podia ter sido inteligente o bastante para pensar em uma rota alternativa mais rápida para chegar ao acampamento, ou eu podia estar perdido. Então, me forcei a acreditar na primeira opção, mesmo sabendo que estava me enganando. As quatro criaturas se aproximavam com rapidez e...

Espere.

Quatro? Não eram cinco? Uma delas havia desistido? Perfeito! Elas deviam estar cansadas. Era só eu continuar correndo e...

Foi quando uma erupção de terra bem em frente interrompeu meus pensamentos. Do chão, emergindo numa explosão de barro, pedras e água, o quinto tarupto pulou para cima e arranhou o ar a milímetros do meu rosto. A única coisa que eu pensei em fazer foi apanhar o balde, que já estava praticamente vazio, agarrá-lo pela haste e bater com toda a minha força contra o corpo da criatura, que caiu para o lado, desnorteada.

Eu não me lembrava de ter escutado que eles podiam se locomover por baixo da terra.

Quando olhei novamente para o primeiro grupo de taruptos, vi que apenas dois estavam lá. Entendi no mesmo instante que eles tinham julgado a ideia de seu companheiro assassino interessante e estavam dispostos a tentar também. Eu obviamente não queria esperar que eles acertassem o meu rosto e retalhassem minha pele daquela vez e, por isso, olhei para o barranco e pulei, escorregando contra a encosta de lama.

A descida foi intensa. Aprendi que é extremamente difícil manter a direção quando se está deslizando em alta velocidade, segurando um balde em uma das mãos. Barro voava contra minha pele, entrava por debaixo das minhas roupas, e eu precisava manter a atenção para tapar a respiração sempre que uma nuvem amarela de gás tóxico aparecia no meu caminho. No meio do trajeto, um dos taruptos emergiu bem do meu lado e, quando percebeu que havia errado o alvo, voltou a mergulhar com facilidade, como se o chão fosse água.

Outros dois monstros foram cuspidos pelo barranco do outro lado, tão perto da minha cabeça que pude ouvir com clareza seus guinchos irritados e ferozes. Pedras voavam para cima e pedaços de terra atingiam meu peito, enquanto eu tentava ao máximo manter o controle, usando meus pés e minhas mãos que, àquela altura, já começavam a sangrar com o atrito.

Chegando à base do barranco, continuei a corrida, tentando descobrir onde estava, afinal, e para onde deveria seguir a fim de chegar ao acampamento e obter ajuda. Comecei a gritar pelos nomes de todos, mas não obtive resposta. Eu saltava desajeitado por cima de troncos caídos e desviava de todas as poças borbulhantes que via. A vegetação era densa e eu não conseguia enxergar nada que me desse esperança ou me inspirasse algum plano acrobático e mirabolante de fuga. Minha única escolha era continuar correndo adiante e torcer para que eu não chegasse a algum beco sem saída.

– Callandra! Fu! Parugh! Aira! – gritei mais uma vez. – Preciso de suporte imediatamente!

Foi uma questão de tempo até um dos taruptos finalmente acertar seu alvo. Após tropeçar em uma carcaça enorme que jazia ao lado de um pântano, perdi o equilíbrio e senti o chão tremer sob meus pés. Quando olhei para baixo, vi a terra explodir numa confusão de pedaços vermelhos, pretos e marrons, e uma das criaturas acertou em cheio minha barriga com as costas, me fazendo voar para a frente numa cambalhota. Caí estatelado no chão.

Girei para me levantar como podia, tentando recuperar o fôlego, e, para minha surpresa, nenhum dos taruptos estava à vista. À minha frente, reparei que a carcaça branca que havia pulado estava coberta por vinhas e musgo, e me peguei pensando se aquele animal não havia morrido ali, preso. O chão era coberto pelas mesmas pedras pontiagudas que tinha visto no caminho para a caverna, e o balde na minha mão já estava em pedaços. Olhei para os lados e não vi nada além de árvores e vinhas. Para o meu azar, um pequeno morro me impedia de seguir adiante – escalar levaria muito tempo e consumiria o resto da energia que sobrara no meu corpo, tornando-me uma presa fácil.

Então o chão abaixo de mim vibrou novamente. À frente, todos os cinco taruptos emergiram da terra com sua voracidade incansável. Eles sabiam que haviam me encurralado e estavam preparados para atacar.

Foi quando uma sombra enorme escureceu minha visão. Senti uma rajada de vento vinda do céu bagunçar meus cabelos e, quando olhei para entender de onde ela vinha, vislumbrei com um misto de agradecimento e alívio um lobo enorme e prateado pousar entre mim e as criaturas selvagens.

4

Aira, nossa companheira biólifa que possuía uma conveniente habilidade de se transformar em uma besta-fera assustadora, rangia os dentes ferozmente, tentando afugentar os taruptos que estavam me atacando. Quando olhei para os lados, vi quando Callandra, Fu e Parugh se aproximaram para ver o que estava acontecendo e prestar socorro.

– De onde... vocês vieram?! – perguntei, arfando.

– A gente ouviu seus gritos de pânico, mas não sabia de onde eles estavam vindo – disse Fu, com uma pitada de ironia em cada uma das palavras. – Eu meio que suspeitava mesmo que você não fosse conseguir trazer água sozinho, Odra, então não fiquei surpreso.

– Aí a Aira deu um pulo e correu para cima dessa montanha aqui. É bem próxima do acampamento.

Foi o lugar mais alto que ela conseguiu avistar – continuou Callandra.

– Ela começou a farejar quando assumiu a forma de lobo e fez um sinal para nós... Bem, agora estamos aqui – terminou Fu.

Eu mal conseguia respirar e não tive ânimo para responder, nem agradecer. Aira uivava e mordia o ar na frente dos taruptos, que surpreendentemente não pareciam ameaçados pela fera enorme que os encarava. Quando ela avançou ainda mais em sua direção, eles mergulharam e pareceram desaparecer de vista.

– Isso! Fujam, seus medrosos! – gritei, provocando-os.

– Acho que eu não os chamaria disso, se fosse você. – Fu havia chegado do meu lado. – Afinal de contas, quem estava fugindo deles um minuto atrás?

– Ah, tenho certeza de que você daria cabo nos cinco se estivesse sozinho – respondi, ácido. – Acho que estaria ocupado demais analisando as folhas nas costas deles e nem ia perceber quando mordessem sua cara!

Antes que pudéssemos continuar a discussão, Parugh se colocou em nossa frente e apontou para que escalássemos o morro. A princípio, eu não entendi sua urgência, uma vez que os taruptos haviam partido em retirada, mas decidi não questionar. Callandra foi a primeira a começar a subida e nos ajudou a manter o equilíbrio. O poliarmo, por sua vez, se colocou ao lado de Aira, e os dois começaram a olhar cautelosos para os lados, em busca de algum sinal de ameaça.

De repente, como em um movimento síncrono, todos os cinco monstros emergiram por debaixo deles e os atingiram em cheio, da mesma maneira que haviam feito comigo. Três deles avançaram em Aira, atacando-a diretamente no estômago e fazendo-a soltar um ganido agudo de dor. Os outros dois alvejaram Parugh e acertaram suas coxas, fazendo-o perder o equilíbrio e despencar no chão.

Os taruptos pareciam implacáveis. Eu sabia que eles estavam em seu terreno de vantagem, mas também conhecia a força e a determinação de meus companheiros, apesar de presenciar seus olhares desnorteados enquanto as criaturas seguiam mergulhando e saindo da terra com facilidade, investindo contra eles com frequência e força. Aira tentava cavar o chão lamacento à procura de algum tarupto distraído, mas parecia inútil. Parugh não era rápido o suficiente para golpeá-los no ar e nem mesmo seus quatro braços conseguiam agarrá-los quando saíam da lama.

Eu olhava a cena com desespero, mas sabia que, se descesse para tentar ajudar, só faria as coisas piorarem. Olhei para o chão onde pisávamos e percebi que a superfície era extremamente dura, parecendo bastante com rocha maciça, assim como dentro da caverna onde estivera minutos atrás. Naquele instante, me lembrei de uma coisa muito importante, que poderia nos ajudar a virar a batalha.

– Parugh, Aira! – gritei o mais alto que pude para que eles pudessem ouvir. – Quando eu estava na caverna, eles não me perseguiram pelo subterrâneo! O chão era tão duro quanto o solo deste morro! Acho que eles só conseguem estourar superfícies macias!

Rapidamente os dois saltaram para trás e evitaram mais um golpe dos animais, que deixavam a terra toda esburacada, dificultando também sua locomoção. Parugh se agarrou na pelagem prateada de Aira, e os dois correram em direção ao morro.

Quando se colocaram ao nosso lado, observamos quando os taruptos emergiram da terra mais uma vez, mas agora bem abaixo do morro onde estávamos abrigados. Ficaram nos encarando com os olhos vidrados, como se estivessem aguardando nossa descida para poder atacar.

– Bem, agora esperamos aqui para sempre – falei ao perceber que os monstros não sairiam do lugar tão cedo. Eles começaram a lamber as garras com cuidado e a passá-las nas carapaças uns dos outros, como se quisessem afiá-las antes de um banquete. Um deles abocanhou algumas folhas vermelhas das costas do companheiro, que não pareceu se incomodar.

– No momento, não temos ideia melhor – Callandra complementou. – Temos que aguardar eles enjoarem da gente, ou se cansarem de esperar.

– Desculpe, pessoal. – Aira já estava retornando para sua forma normal e uma fina fumaça se erguia de sua pele. Callandra se aproximou dela e a cobriu, utilizando a mesma túnica que ela usava mais cedo. Refleti por um momento e pensei que o grande inconveniente de se transformar em um animal enorme era o gasto com roupas depois de uma transformação. – Eles são rápidos demais na lama e na terra.

Parugh se sentou em uma pedra e girou os braços para trás, se alongando. Fu sentou-se ao seu lado e olhou para a frente. Se eu pudesse adivinhar o que ele pensava, arriscaria dizer que estava desapontado porque não conseguiria fazer um chá de rubi mais tarde.

Os minutos se tornaram horas e o sol, que estava a pino, começava a querer se pôr no horizonte. Estávamos famintos e com sede, mas não havia nenhuma possibilidade de descermos novamente para o chão, pois os taruptos assassinos ainda permaneciam ali, coçando suas orelhas e andando impacientes de um lado para o outro, como se estivessem numa sala de espera. Podia jurar ter avistado um deles bocejando e outro se apoiando num graveto para tirar uma soneca. Sempre que trocávamos de lugar ou começávamos a caminhar para avaliar se havia a opção de descermos pelo outro lado, eles se punham em pé e nos acompanhavam em todos os movimentos.

Assim que as primeiras estrelas começaram a despontar no céu, a temperatura do planeta começou a cair vertiginosamente. Fazia muita falta uma fogueira ali perto. Se não voltássemos para o acampamento logo, sofreríamos de hipotermia ou, no mínimo, pegaríamos um péssimo resfriado.

Como se nossa experiência naquele planeta-pântano horroroso já não estivesse ruim o suficiente.

Então algo curioso aconteceu.

Curioso, para dizer o mínimo.

5

Ouvimos alguns ruídos à nossa esquerda, distantes, vindos do meio de um grupo grande de árvores altas e finas, que brotavam do centro de um vasto pântano borbulhante e malcheiroso. Pareciam ser o farfalhar desajeitado de folhas e um sibilo agudo. Ouvimos também o barulho da água se agitando e percebemos movimentação entre as vinhas que pendiam dos galhos mais baixos, como se alguém – ou alguma coisa – estivesse tentando atravessar a água fedorenta a passadas largas e afastasse os obstáculos.

Então, do meio da vegetação surrada, escura e podre, uma sombra enorme se materializou. Ficamos petrificados e, apesar da luz do dia ter quase se extinguido, conseguíamos ver algumas formas da silhueta assustadora. Seu corpo reptiliano deslizava pela água com facilidade, e suas garras amassavam e cortavam tudo que aparecia em sua frente. De cor completamente branca, a gigantesca salamandra estava com os olhos vidrados, encarando os taruptos com cautela e firmeza. Suas pupilas eram vermelhas, e uma grande e larga língua azul saía ocasionalmente de sua boca, agitando-se de um lado para o outro, faminta.

– Eu recomendo que ninguém mova nenhum músculo – disse Fu, apreensivo. O volume de sua voz era baixo, como um cochicho, mas alto o suficiente para entendermos a urgência em seu tom. – Aquilo é uma salamandra albina do pântano.

– Ela é carnívora, presumo – Callandra respondeu, com receio.

– É onívora, na verdade – Fu continuou. – É notívaga e vive dentro d'água, podendo ficar pouquíssimo tempo em terra firme. Ela se alimenta de peixes, insetos, pequenos mamíferos, plantas e algas. Se está encarando os taruptos, acho que pode não ter visto a gente ainda.

– Mas por que ela está indo na direção deles? – perguntei. – Eles são terrestres e habitavam aquela caverna onde está a fonte de água. Devem ser duros para mastigar. Ela tem dentes?

– Não. – Fu estava empolgado para dar a resposta. Animais e plantas eram a especialidade dele, e eu arriscaria dizer que uma parte sua estava bem animada de estarmos ali, acampando naquele planeta tão desagradável. A flora e fauna peculiares com as quais estávamos convivendo eram realmente fascinantes. – Ela não tem dentes, mas aquela língua azul funciona como um chicote. Ela captura o alvo e o coloca dentro da boca, e então um ácido bem forte o dissolve por inteiro... Eu acredito que ela não esteja atrás dos taruptos em si.

– As folhas de chá! – Callandra concluiu.

– Sim. As rubináceas têm um perfume forte. Acho que é isso que deve ter despertado o interesse dela. Que faro!

A salamandra começou a se aproximar da borda do lago fedorento e estacou. Apoiou as patas dianteiras no chão seco e abriu a boca com cuidado. A língua, por sua vez, parou de se agitar e pareceu repousar em sua larga mandíbula branca. Os taruptos sequer notaram sua presença, pois estavam entretidos demais se coçando, nos observando e bocejando.

– Vocês sabem que as chances daquela coisa olhar para cima são enormes, né? – falei, ainda cochichando.

De repente, a língua azulada da salamadra estalou e disparou para a frente, numa velocidade assustadora, rasgando o ar podre do pântano e acertando em cheio o tarupto que dormia ao pé do morro de pedra. Ele foi envolvido e puxado violentamente para trás, entrando direto dentro de sua boca, que salivava sem parar. Achei que daquela ele não conseguiria escapar e, por mais que eu tivesse quase morrido na fuga da caverna, não queria que meus perseguidores fossem dissolvidos por ácido.

Os outros taruptos ficaram em alerta no mesmo instante. Passaram a encarar a criatura com os olhos que antes estavam vidrados em nós e, para minha surpresa, avançaram em direção ao pântano para resgatar seu igual, que se debatia dentro da boca da salamandra. Ela sacudia a cabeça ferozmente e batia com as patas na água, parecendo desesperada. Sua longa cauda fina derrubava árvores e cortava arbustos enquanto chicoteava o ar em fúria.

Os taruptos mergulharam na terra e, segundos depois, emergiram bem na frente da salamandra albina. Saltaram acrobaticamente e desceram em direção a uma de suas patas dianteiras. As garras pretas penetraram em sua pele com força, e a criatura alva soltou um agudo e horripilante grito de dor antes de cuspir o tarupto quase devorado para fora, envolto numa gosma de ácido, saliva e água, fazendo-o cair desorientado no chão com um baque. Sua carapaça fumegava e estava rachada. Ele mancava, o que devia ser resultado do contato com a substância tóxica e mortal. Pouco depois, todos os outros se juntaram ao companheiro machucado e partiram em retirada por entre as rochas e árvores secas, como se nada tivesse acontecido.

A salamandra continuava urrando de dor e se debatia no pântano. Sua língua estava pendurada para fora da boca, completamente machucada pelas garras e pelos dentes afiados do tarupto que ela ousara tentar engolir. Sangue roxo pingava na água podre. Ela seguia fazendo movimentos rápidos com a cabeça, e seus olhos perdidos e confusos rolavam para dentro das órbitas e olhavam para todas as direções. Sua cauda ainda sacudia e vibrava no ar.

Pouco a pouco, ela foi se acalmando e voltando totalmente com o corpo para dentro d'água, recuando, derrotada e frustrada. Os taruptos haviam se mostrado criaturas vorazes e com um instinto de grupo forte e admirável.

Começamos a descer com rapidez pelo morro para voltarmos ao acampamento antes que a noite caísse por completo. Parugh nos auxiliou no percurso e rumamos em direção ao caminho que eles haviam seguido para chegar até ali. Olhei para o balde todo destruído na lama e decidi abandoná-lo. Eu me sentia aliviado por estar em segurança ao lado dos meus colegas, mas também me sentia irritado por não ter conseguido executar uma tarefa tão simples como buscar água. Independentemente de qualquer coisa, tinha deixado minha equipe na mão.

– Nós temos outro balde, capitão – disse Aira, se aproximando de mim ao perceber minha frustração. – Encontramos em uma das caixas que os soldados deixaram para trás.

– Mas que aquele era um ótimo balde, era – complementou Fu, com um sorriso sarcástico. – Resistente, forte, grande... Cabia bastante água nele. Uma pena.

– Eu admiro muito a preocupação de vocês com o balde, mas... – Callandra chamou nossa atenção e apontou para o pântano atrás de nós, inquieta. – Acho que temos que nos preocupar mais é com nossa amiga ali.

A cabeça da salamandra estava para fora da água, pertíssimo da borda do pântano. Sua língua agora permanecia dentro da boca e sua pele branca refletia timidamente a pouca claridade que ainda havia. Seus olhos estavam arregalados e ela parecia ter decidido um novo prato para seu jantar: um apetitoso grupo colorido de viajantes espaciais.

6

Como um chicote, sua língua disparou mais uma vez com um alto estalo e rasgou o ar abafado e podre do pântano, rente ao chão. Atingiu Parugh em cheio, envolvendo-o por completo e imobilizando seus membros superiores.

– Parugh! – Aira gritou ao se transformar mais uma vez em licano, enquanto ele se debatia e tentava fincar os pés no barro para evitar que fosse puxado para dentro da boca do monstro. Com movimentos rápidos e leves, Aira rugiu, feroz, e correu em direção à salamandra.

– Eu achei que ela comesse apenas pequenos mamíferos, Fu! – disse, enquanto agarrava uma das pernas de Parugh, tentando puxá-lo para trás. – Há quanto tempo ela não come?!

Callandra correu até mim e mergulhou, agarrando a outra perna do nosso companheiro poliarmo e usando toda a sua força na direção contrária do pântano. Gotas de suor brotavam de sua testa, e eu pude ver algumas veias saltando. Parugh já fazia uma força considerável contra o puxão viscoso e, avaliando a dificuldade que estávamos sentindo, pude perceber que aquela salamandra era mais forte do que qualquer um dos monstros com os quais havíamos lutado até então, incluindo o basiliclope em Blum. Olhei para o lado e vi Fu sair correndo para agarrar o galho de uma árvore baixa à nossa frente e o partir em dois. Era seco, porém surpreendentemente rígido.

A língua azulada serpenteava na terra, enérgica. Ao fundo, Aira saltava por cima da criatura e usava suas garras e presas contra ela. A salamandra, que provavelmente não queria retornar para sua toca com um histórico de duas derrotas seguidas, sacudia a cabeça em desespero e tentava mirar os olhos na grande fera que a machucava. Aquilo ela não esperava, eu tinha certeza.

— Capitão, eu sei o que Fu vai fazer — disse Callandra, dando sinal com a cabeça para que eu olhasse para ele. — Precisamos deixar essa língua o mais esticada possível.

— Claro! Quer que eu faça um chá para você também? — bradei, irritado. — Vamos trazer os taruptos de volta, por que não?

— Luminus! Cala a boca e puxa o Parugh para trás! – ela gritou. Sua voz era urgente e tinha um peso que eu nunca havia presenciado antes. Assenti como pude, envergonhado, e aguardei seu comando. – No três! Um... Dois... Três!

Puxamos com toda a nossa força. Parugh tinha ouvido as instruções aflitas de Callandra e fez o mesmo movimento para trás. Numa fração de segundo, a língua da salamandra se esticou quase por completo, permitindo que Fu usasse sua estaca improvisada para atravessá-la com um único golpe, preciso e doloroso.

Quando a criatura sentiu que sua língua havia sido perfurada, urrou de dor e soltou Parugh de imediato. Aira, que continuava os saltos por cima de sua cabeça, viu que tínhamos nos desvencilhado e partiu em nossa direção. Correu velozmente por entre os cipós e por cima das moitas secas, alcançando Fu em questão de segundos e o colocando em suas costas. Parugh, por sua vez, me agarrou com um par de braços, pegou Callandra com o outro e saiu correndo para longe do monte, ainda arfando pelo aperto viscoso da criatura.

A escuridão já encobria boa parte das árvores e, como Gurnefhar não possuía nenhuma lua, o breu já se preparava para dominar a superfície do planeta. Olhando para trás, não consegui enxergar se a salamandra havia batido em retirada ou se permanecera às margens do pântano em busca de seu tão desejado jantar, frustrada duas vezes.

Foi quando engasguei com um sentimento de pena pelo pobre animal, mas, ao atingirmos uma distância segura do monte e avistarmos a claridade da fogueira de nosso acampamento, aquela sensação deu lugar a outra, muito mais agradável: a de alívio.

Não. De alívio e paz.

E que se transformou em raiva coletiva quando vimos um preguiçoso Roy Quita'mari deitado próximo à fogueira, dormindo e roncando, alheio a tudo que havia acabado de acontecer.

7

Se fosse eu que tivesse gritado na orelha dele, as pessoas teriam me chamado de desequilibrado; se fosse eu que tivesse pego um pedaço de lenha e ateado fogo no cabelo dele, eu teria sido chamado de delinquente; se fosse eu que tivesse erguido ele pelos pés e sacudido seu corpo no ar, teria sido chamado de maluco.

Que bom que quem fez tudo isso foram Callandra, Fu e Parugh.

– Mas que ideia é essa? – exclamou Roy, enquanto Parugh o deixava cair no chão.

– Que ideia é essa?! Por que é que você não veio com a gente para ver o que estava acontecendo com o Odra?! – Fu retrucou. – Você viu quando saímos correndo depois de termos ouvido os gritos covardes e medrosos dele!

— Eu não... — comecei a me defender, mas fui cortado pela voz grave de Parugh.

— Ajuda. Companheiros. Perigo! — O poliarmo estava mais assustador que o normal.

Decidi não falar mais.

— Nós quase morremos ali atrás! — Foi a vez de Callandra ralhar.

— E por que é que eu iria para lá, então? — Roy retrucou. — Para morrer? Eu não — continuou, dando de ombros. — Vocês voltaram inteiros, não voltaram? Está ótimo e parabéns para quem sobreviveu!

Ele se levantou, bateu a terra de sua calça, se espreguiçou desajeitadamente e foi em direção à pequena caverna, resmungando baixo e olhando para trás, com jeito de julgamento.

Parugh desabou no chão, exausto, e sentou-se ao lado da fogueira. Trouxe seus joelhos em direção ao peito e abraçou as pernas com todos os fortes braços alaranjados. Seus olhos estavam distantes e ele mal conseguia falar; afinal, era a segunda vez que tinha sido atacado por um monstro enorme e quase morrido. Fu se aproximou e, para a minha surpresa, tentou consolá-lo.

— Ei, grandalhão, você é resistente, hein?

Parugh não respondeu e manteve o olhar fixo nas chamas avermelhadas que cintilavam no ar ao se desprenderem da fogueira.

— Olha, este planeta é uma droga. E nenhum de nós quer estar aqui. Nós estamos na pior, correndo risco de vida a cada minuto que passa. Veja o idiota do Odra, por exemplo – Fu continuou e fez um sinal com a cabeça para que eu me aproximasse. – Ele quase morreu hoje também.

Não fosse sua tentativa de alegrar Parugh, eu provavelmente o teria empurrado no fogo para ele ficar esperto.

– É, meu camarada – disse, trocando olhares com Fu e assentindo com a cabeça, para indicar que havia entendido suas intenções. – Este planeta é mesmo uma droga e, se quisermos sobreviver, temos que ajudar uns aos outros. Obrigado por me ajudar lá trás.

– Parugh fraco – ele disse, finalmente.

– Fraco? – indaguei, surpreso. – Parugh, se você não estivesse forçando as pernas contra o puxão daquela lagartixa mutante, todos estaríamos dentro da barriga dela agora.

– Você é tão fraco quanto eu, então. – Foi a vez de Aira se aproximar. Ela já se transformara e sua voz estava trêmula de cansaço. – Nós não fomos páreo para aqueles monstros de pedra... Tarupos?

– Taruptos – Fu corrigiu.

– Isso. E olha que você tem quatro braços e eu me transformo naquela coisa. Acho... – Aira continuou – que este planeta não quer a gente aqui – concluiu, baixando o volume da voz como se não quisesse que Gurnefhar ouvisse.

— A verdade é que a gente tem que sair daqui. — Callandra se juntou a nós. Ela se abaixou e colocou a mão em um dos ombros de Parugh, que olhou para ela e deixou uma lágrima escorrer. — E nós vamos sair. Juntos.

— Mas não hoje – disse Fu, se levantando. – Acho que merecemos um bom descanso. Quem começa a vigia? Odra? Perfeito. Eu vou tirar um cochilo até a minha vez.

— Eu acabei de escapar da morte, Fu. — O momento de relevar as afrontas dele tinha se passado havia alguns minutos. — Eu deveria era estar repousando depois desse episódio traumático.

— Traumático onde? — perguntou Fu, irônico. — Você só levou umas pancadas dos taruptos. Não fosse o Basqe ter tirado a sua patente, isso já deveria servir para você perder seu cargo de capitão da nave.

— Pois saiba que quando eu recuperar minha patente você vai se arrepender de ter feito esse comentário! Isso é desacato e...

Percebi que Fu tinha parado de me encarar e olhava para o lado. Aira e Callandra estavam andando nas extremidades da clareira, de um lado para o outro, fazendo a guarda que um de nós deveria estar fazendo. Callandra fica sempre com o terceiro turno, patrulhava no fim da madrugada, e Aira era a primeira da manhã. Eu nem tinha percebido quando elas se levantaram e assumiram as posições, o que me deixou envergonhado. Olhei para Fu e notei que ele sentia o mesmo.

– Ok, eu faço a segunda ronda – disse, e Fu concordou com a cabeça antes de ir em direção à caverna.

Aquela seria mais uma longa noite.

8

O dia amanheceu como todos os outros tinham amanhecido até então: sem graça e sem esperança. As rondas feitas durante a noite só tinham servido para nos deixar com mais sono ainda, mas admito que, depois do que havíamos passado com os taruptos e com a salamandra, um pouco de tédio cairia bem.

  Eu acordei com uma conversa próxima, mas me recusei a abrir os olhos. Era uma algazarra desorganizada e eu mal podia distinguir quem estava falando. Ouvi a voz de Callandra, sim, mas também a de Fu, a mais alterada de todas. Alguns grunhidos arranhados que só podiam ser de Parugh e outra voz mais fina que com certeza era de Aira. Aí eu também escutei a voz irritante e desleixada de Roy e uma outra mais carregada e preguiçosa. Familiar, mas bem...

  Outra voz?!

Levantei num salto e coloquei a jaqueta do uniforme. Meus olhos estavam embaçados quando girei no ar. Senti minha cabeça ficar aérea e quase caí de boca. Comecei a andar para a frente e tentei focar nos seres barulhentos que se encontravam ali: tripulação da Ragnarök, menina loba, bicho feio de quatro braços, mecânico folgado e ele, o dono da voz estranha e familiar que eu havia reconhecido! Qual era o seu nome? Ele estava em Kildar, mexendo na Ragnarök no dia em que fomos visitar a prisão... O nome dele se parecia com *neblina, névoa, nebulosa...*

– Nelube! – disse Roy Quita'mari, finalmente sanando minha dúvida. Ele falava com seu parceiro mecânico, que era alto e tinha pele azul. Seus olhos eram grandes e amarelos e a boca larga, repleta de dentes sujos. Não tinha nariz. – Vamos nos retirando?

– Se retirando? – Aira vociferava. – Você vai levar a gente com você!

– Mas você está maluca, senhorita? – Roy retrucou. – A Hati não comporta todos.

– Ah, mas ela vai comportar, sim! – Foi a vez de Fu começar a se zangar. – Escuta aqui, seu folgado! Trazer essa nave aqui foi a única coisa útil que você fez desde que chegou neste planeta!

– E onde está a sua gratidão, ranii? – Roy espumava de raiva. – Eu venho buscar vocês!

– Alguém pode me dizer o que, diabos, está acontecendo aqui? – perguntei, interrompendo a discussão. Afinal de contas, eu queria participar dela.

Callandra contou o que de fato havia acontecido quase uma hora atrás. Pelo que eu entendi, todos acordaram com o barulho de turbinas próximas e se puseram de pé rapidamente – nesse ponto da conversa, eu achei um absurdo ninguém ter me acordado, mas isso era discussão para outra hora. Quando chegaram na extremidade da clareira, observaram que uma pequena nave prateada estava tentando pousar. Roy sacudia seus braços sem parar e acenava, gritando o nome do companheiro azulado e indicando para que descesse logo.

Depois de um momento de choque e surpresa, Nelube saiu da nave (que se chamava Hati), pedindo desculpas pela demora. Quando interrogado sobre como ele havia chegado ali, Roy explicou que havia mandado uma mensagem pouco antes de pousarmos em Gurnefhar com a Ragnarök – algo que lembrei de ter acontecido – pedindo que viesse buscá-lo caso decidíssemos ficar tempo demais naquele planeta fedorento. Como demoramos para fazer contato, ele decidiu vir por conta própria.

– Quantas pessoas cabem na Hati? – perguntei assim que Callandra terminou sua história.

– Sete. – Roy estava emburrado e apontava para Parugh. – Mas o grandão aí ocupa dois lugares, talvez até três.

– É... – Nelube finalmente falou. Sua voz era arrastada, pesada e mole. Dava sono só de ouvir. – Temos pouco combustível.

– Vamos até o painel de controle! Alguém sabe qual o planeta mais próximo daqui? – perguntei.

– Se não me engano, deve ser Neônico. Mas precisamos consultar o mapa galáctico – Callandra respondeu de pronto – e ver se o combustível restante vai conseguir nos levar até lá. Digo... É melhor ficar em terra firme do que parado no meio do espaço, certo?

Ela tinha razão, mas aquela era nossa única alternativa para sair dali. Eu mal podia acreditar que nossa fuga daquele pântano estava bem ali, e graças a Roy, que eu julgava ser uma pessoa incompetente e aproveitadora. Apesar dos pesares, estava me sentindo até grato, de certa forma, por ele ter vindo conosco, mesmo que por acidente – ou destino.

Eu obviamente não falei isso alto para não o deixar confiante demais.

Seguimos todos em direção a Hati. Ela era uma nave menor, de cor prateada fosca e alguns detalhes em azul na asa e nos aerofólios. As turbinas ficavam na parte de trás e tinham um sistema de movimento que permitia que impulsionassem a nave para a frente ou para cima, conforme a necessidade do piloto. Ela se parecia bastante com a nave preta e dourada que tinha pousado em Numba quando encontramos a túnica sagrada e nos metemos naquela confusão com o xerife Zalir. Na ocasião, Parugh, Aira e o próprio general Basqe estavam a bordo, mas agora estávamos falando de mais do que o dobro do número de tripulantes.

Eu e Callandra entramos e fomos direto para o painel de controle. Olhando por dentro, ela parecia grande o suficiente para comportar todos nós. A questão maior era de fato o combustível (quanto mais peso, maior a quantidade queimada para levantar voo e pousar) e isso poderia implicar em algum de nós precisar ficar para trás.

– Odra, uma palavra? – Fu tinha entrado na nave e me chamou. – Estive pensando e... nós ainda não exploramos Gurnefhar direito, nem achamos pistas sobre o ogro major.

– Isso é verdade – respondi, sério. – Mas não temos estrutura para ficar mais tempo, Fu. O planeta é hostil demais e não temos sequer nossas armas.

– Mas temos Parugh, temos Aira. Conseguiríamos avançar mais um pouco!

– E perder a chance de sair daqui? Fu, eu estou tão desesperado quanto você, mas é a melhor das nossas oportunidades. Além disso, se vasculharmos este planeta usando esta nave e todo o combustível que tem nela, corremos o risco de ficarmos isolados aqui.

Ele ficou em silêncio. Sabia que nós não tínhamos escolha. O general havia dito que o ogro fora trazido de volta para Gurnefhar e a criatura podia estar em qualquer lugar. Além do mais, não era certo que encontraríamos uma base militar clandestina ou qualquer outra pista ali, depois do banho de água fria que havíamos recebido do general. Afinal de contas, já sabíamos que o ogro tinha sido sequestrado e já sabíamos que ele tinha sido colocado naquela caverna. Também já sabíamos que o xerife de Numbatzi-kul havia trocado a história de seu povo por ganância e poder e que o general agora poderia estar em posse das páginas arrancadas do bestiário perdido.

– Tudo bem... Você está certo – Fu admitiu, e eu queria ter gravado aquela fala. – Mas não se anime. Não tem graça desafiar a autoridade de alguém que não tem mais um cargo oficial. Inclusive, se você não é mais capitão, isso deixa a Callandra no comando quando recuperarmos a Ragnarök, certo?

– É, acho que sim – concordei com uma mistura de pesar e alívio. – Mas a Ragnarök está com aquele idiota do Fenîk e, para a Callandra ter o gostinho de pilotá-la, precisamos saber onde ela está. – Olhei para trás e vi a mulher se aproximando. – Como está o nível de combustível, tenente?

– Antes de mais nada, acho que consigo me acostumar com o posto de capitã – ela comentou, sorrindo. – Agora, com relação ao combustível, acredito que seja o bastante para chegarmos até lá. Mas pode ser que a aterrissagem seja desconfortável.

– Mas com isso já temos experiência – disse e sorri, finalmente. – Então, se todos estiverem prontos, partimos para Neônico imediatamente!

9

Não foi necessária muita persuasão para convencer Roy e Nelube de nos levar a bordo da Hati, afinal, não havia nenhum argumento que justificasse a divisão do grupo ou uma viagem de turnos. Eu suspeitava que os mecânicos sabiam muito bem que era possível levar todos até Neônico e estavam negando por puro egoísmo. Mais da parte de Roy, que já havia mostrado sua aversão a trabalho em equipe inúmeras vezes desde que tínhamos sido deixados em Gurnefhar.

A Hati não era das mais espaçosas, mas não podíamos reclamar. Não havia poltronas para todos, mas estávamos seguros e confortáveis. Era bem menor que a Ragnarök e não tinha mais de três compartimentos: o deque principal (onde ficava o painel de controle, juntamente com as poltronas, algumas caixas e painéis secundários de monitoramento), um depósito para carga e um aposento para dormir. O teto era arqueado e a parte da frente da nave possuía uma janela inteiriça de vidro, sustentada por finas esquadrias de metal polido. Através dela, podíamos observar as nuvens tóxicas amareladas, os lagos escuros e a vegetação desolada ficando menores conforme nos distanciávamos do solo fétido.

Nelube, nosso novo companheiro de equipe, era quem pilotava a nave e mexia nos controles. Ele parecia bem habilidoso e dava a impressão de ter passado muito tempo navegando a Hati, pois seus movimentos eram suaves e precisos. Isso também se devia à sua letargia e morosidade natural, que prevenia que realizasse qualquer ação brusca ou rápida.

A decolagem não tinha sido nada desconfortável e Roy nem chegou a reclamar muito de nossa presença. Agora ele estava recostado em sua cadeira de copiloto e tirava uma soneca, para variar. Fu caminhava pelo deque e analisava os painéis de medição de temperatura, condições das turbinas e canhões de laser, enquanto aproximava seus olhos das telas fluorescentes e das conexões de cabos emaranhados pelas paredes.

Parugh, sentado no chão ao meu lado, permanecia em seu costumeiro silêncio, apenas observando as estrelas e as nebulosas do espaço sideral, que começavam a surgir lá fora.

– Como é Neônico? – Aira se aproximou para perguntar. – É mais um planeta abandonado e hostil? Vamos estar em perigo de novo?

O riso que dei era sincero.

– Na verdade, não. Muito pelo contrário. É um planeta barulhento, com gente para todo lado. Só estive nele uma vez para fazer compras. É um grande paraíso industrial, comercial e de entretenimento.

– Um inferno. Só perde para Liksym – Fu emendou. – Mas lá, apesar de parecer um ferro velho, tem leilões.

– Finalmente um pouco de civilização, então – Aira comemorou. – E qual é o plano?

– Bom, primeiramente acho que devemos nos equipar, tentar conseguir algumas armas, suprimentos e primeiros socorros – respondi. – Eu não lembro se em Neônico tem alguma base militar para pedirmos abrigo, mas, mesmo se houver, acho que nós já devemos estar na lista de procurados.

– Não tem – Callandra respondeu da poltrona onde estava sentada, próximo a Nelube. – O planeta é considerado uma zona comercial neutra. Ele é monitorado por todas as frotas, mas elas não têm nenhuma influência militar ou política nos assuntos internos. Se essa hipótese do Luminus estiver certa e estivermos na lista de procurados, temos que tomar muito cuidado para não sermos identificados em nenhuma patrulha ou por nenhuma câmera de segurança.

– Perigo? – Foi a vez de Parugh perguntar.

– É só termos cuidado, grandalhão – disse Fu, se aproximando. – Se Neônico não tem nenhuma base militar, teremos que dar um jeito de conseguir esses equipamentos.

Aquele era um dos grandes problemas que iríamos enfrentar, pois todos os nossos cristais Lazuli haviam ficado na Ragnarök. Se bem que, com Parugh e Aira na equipe, conseguiríamos facilmente alguns trocados exibindo suas habilidades nas ruas para os passantes. Já imaginava Parugh jogando Aira para cima e ela se transformando em lobo, em pleno ar, e pousando graciosamente no chão, ganindo e mostrando as presas. Callandra jogaria bombas de fumaça e colocaríamos Fu em uma pequena jaula. Todos encenaríamos um pequeno teatro de resgate do alienígena preso, mantido refém por feras aterrorizantes. Eu ficaria encarregado de convidar as pessoas para o espetáculo e dirigiria a cena a distância, naturalmente.

Ok, pensando bem, esse plano poderia ser escandalosamente chamativo e nos fazer ser reconhecidos e presos em questão de minutos.

Uma pena.

De qualquer forma, a preocupação com o modo como obteríamos os suprimentos era real. Conversamos sobre todas as possibilidades e traçamos um plano de ação primário para não chamar muita atenção quando pousássemos em Neônico. Consultando o mapa estelar, decidimos aterrissar na parte sul da região mais populosa da capital Nii, junto às docas de recebimento de produtos. Depois, mandaríamos Nelube, o único que não fora visto pelo general Basqe em Gurnefhar, conversar com os outros mecânicos e comerciantes para tentar conseguir cristais Lazuli em troca de serviços de reparo e entregas, por exemplo. Depois, quando conseguíssemos uma quantia suficiente, que nos permitisse adquirir o mínimo de combustível e suprimentos, faríamos as compras discretamente e em turnos, para depois subir novamente na Hati e sair do planeta o mais rápido possível. Com tudo isso, poderíamos começar a pensar em como recuperar a Ragnarök e...

— Vocês falam demais — Roy reclamou, debochado, e todos olharam para ele de maneira incrédula, com exceção de seu companheiro. Ele ainda estava recostado em sua poltrona, e seus braços estavam atrás da cabeça. — Deixa com o Roy que dá tudo certo. Nada disso aí vai funcionar e vocês ainda vão estragar tudo.

— Esse cara é petulante demais — Fu rebateu, virando os olhos. — Você não tem a mínima noção do que está acontecendo. Você consegue me irritar mais que o Odra.

— O Roy tem contatos na maioria dos lugares — emendou Nelube, moroso.

— Além disso, não gosto de receber esmola.

— Não é esmola. Nós não temos dinheiro nenhum! — Aira retrucou.

Então, Roy levantou de sua poltrona, se espreguiçou e trocou algumas palavras com Nelube, num dialeto que não consegui identificar. Seu companheiro concordou com a cabeça e o mecânico começou a se dirigir preguiçosamente para o depósito, a passos lentos, coçando sua barriga com uma das mãos.

Minutos depois, retornou ao deque principal segurando uma pesada caixa de madeira com as mãos e arrastando outra com o pé, empurrando-a pelo caminho a cada passo que dava em nossa direção. Quando chegou à nossa frente, alinhou as duas caixas e fez um gesto para que nos levantássemos.

— Eu e Nelube podemos ser mecânicos — disse ele, abrindo os baús. — Mas não somos burros.

O primeiro, arrastado com o pé, era preto e bem resistente, mas estava extremamente desgastado, chamuscado e coberto de arranhões. A tampa estava presa por duas dobradiças enferrujadas e, quando ele as abriu com um clique, revelou um estoque de, no mínimo, vinte cristais Lazuli.

— Taxa de segurança do Roy — Nelube disse, girando sua poltrona para trás.

— Eu guardo uma quantia emergencial para situações assim — Roy começou e pegou três cristais de dentro da caixa, os quais jogou para mim. — Essa é a taxa que cobrei da Ragnarök. Vou devolver para vocês temporariamente e a gente acerta depois. Com juros, é claro.

    Ele se abaixou e abriu a segunda caixa, que era de madeira e parecia ser um pouco mais simples. Dentro dela havia alguns itens básicos de sobrevivência e combate, como pistolas, facas, espadas de plasma, cordas, ganchos, cintos, botas e comunicadores de pulso.

– Tudo isso é seu? – perguntei.

– Se está na Hati, é meu – Roy respondeu. – Algumas coisas foram achadas.

– Achadas?

– Sim, achadas.

    Ficamos em silêncio por alguns segundos. Roy fingiu não entender a minha desconfiança de que aqueles objetos haviam sido roubados, e eu fingi que aceitei a resposta dele. Àquela altura, não podíamos nos dar ao luxo de questionar a procedência de nada. Preferi ficar na ignorância e aceitar a ajuda do mecânico rechonchudo.

– Eu farei um empréstimo para vocês – Roy continuou. – Vocês podem ficar com alguns destes itens e me devolverem quando recuperarem sua nave. Caso alguém venha me perguntar sobre eles, negarei meu conhecimento.

    Eu fiquei com uma espada de plasma. Fu e Callandra pegaram uma pistola elemental cada um – ambas de fogo – e Parugh escolheu dois pares de luvas de couro. Aira encontrou duas facas e um par de botas marrons, resistentes ao gelo e impermeáveis. Havia também três comunicadores de pulso, os quais dividimos entre mim, Fu e Callandra. Pensamos em comprar dois novos, de modelos básicos e baratos, para Parugh e Aira, quando achássemos uma loja de eletrônicos em Nii.

Para nossa surpresa, Roy não pegou nenhum item para si. Ele voltou as caixas para o depósito assim que terminamos de nos equipar e retornou para sua poltrona no deque principal. Pela janela, conseguíamos ver o brilho cor-de-rosa e arroxeado do planeta Neônico a distância. Em algumas horas, estaríamos num dos maiores polos comerciais da galáxia.

10

Neônico era um planeta grande e deslumbrante. Assim que entramos em sua atmosfera, pudemos perceber o quanto ele era diferente de todos os outros que já havíamos visitado. Naves dos mais diversos tipos, cores e tamanhos ziguezagueavam pelo ar, ora distribuindo mercadorias para infinitas lojas nos centros comerciais, ora levando famílias em busca de entretenimento. Havia também as de patrulha e de carga, naves que levavam outras naves e outras que pareciam animais vigiando do alto os consumidores sedentos por promoções e ofertas relâmpago.

As cores do planeta eram vibrantes, e as luzes dos polos perfuravam as nuvens do céu como metal atravessando flocos de algodão: sem esforço e com intensidade. Raios neon se erguiam das fábricas como pilares luminosos de energia no horizonte;

placas luminosas flutuavam desordenadamente em todas as direções; buzinas estridentes, roncos de turbinas e música alta ajudavam a compor um clima *cyberpunk* à paisagem que se mostrava diante de nossos olhos. A maioria dos estabelecimentos e residências ficava suspensa, bem acima da superfície do planeta, que por sua vez era destinada a aterros de lixo, estacionamento de naves, abastecimento, estações de reciclagem e outros serviços semelhantes.

Nelube pilotou a Hati com precisão e graça até um hangar destelhado atrás de um pequeno ferro-velho. Naves menores se enfileiravam e pairavam no ar para conseguir um pouco de diesel espacial, enquanto mecânicos das mais diversas raças e espécies andavam para lá e para cá, levando consigo ferramentas, tecidos, caixas, canos e cabos de eletricidade.

– Ok, e agora? – Aira perguntou enquanto observava curiosa o tráfego do lado de fora da janela.

– Agora nós aguardamos a Hati estar abastecida – disse Callandra. – E subimos para o centro comercial.

– Tá, mas... se nós já temos esses itens emprestados do Roy... o que vamos fazer em Nii?

– Provavelmente o canal de comunicação da Hati é monitorado. – Foi a vez de Fu responder. – Então precisamos saber o que está acontecendo na galáxia por outros meios. O general acredita que ainda estamos presos em Gurnefhar, e isso nos dá uma vantagem de tempo.

— Mas precisamos ter certeza se estamos sendo procurados ou não — completou Callandra.

E a verdade era que também precisávamos de um lugar para descansar e repor as energias. Estávamos todos estávamos exaustos depois de uma temporada de férias forçadas naquele pântano fedorento, e recostar a cabeça em um travesseiro fofo não era uma má ideia.

Quando a Hati entrou na fila para abastecimento, Roy e Nelube disseram que permaneceriam a bordo para o caso de haver alguma vistoria que exigisse a apresentação de documentos ou demandasse assinaturas. Depender dos mecânicos não era uma ideia que nos agradava, mas não tínhamos escolha.

— Quando estiverem lá em cima, se quiserem descansar esta noite, procurem pela Casa da Madame Zuksa — disse Roy, ao nos despedirmos. — Ela recebe viajantes todos os dias e cobra extremamente barato. O melhor de tudo é que não faz perguntas.

Dica suspeita devidamente anotada, Callandra, Fu, Aira, Parugh e eu decidimos rumar para um dos diversos elevadores que levavam as cargas para cima. Reparei em como eram simples, rústicos e se assemelhavam aos da base militar de Blum, o que me trouxe lembranças desagradáveis. Notei também que a superfície do planeta era suja, coberta de terra, lixo, concreto quebradiço e asfalto queimado. Pelo lugar, espalhavam-se inúmeros postes de energia tombados, cercas alambradas de arame enferrujado, velhas carroças de madeira e caixas vazias.

Uma fina garoa começava a cair e, apesar da sensação de abandono e descaso que a paisagem sugeria, o caminho para a plataforma de transporte foi curto e chegamos ao nível comercial rapidamente. Como a maioria das pessoas estava aglomerada no galpão de abastecimento e não havia nenhum ascensorista para nos auxiliar na viagem, pudemos nos permitir um momento de alívio antes de decidirmos o que fazer.

Quando as portas metálicas se abriram, fiquei impressionado com o cenário completamente oposto ao que havíamos acabado de presenciar no nível inferior. A rua era estreita e estava abarrotada de humanos e alienígenas apressados, seres de diferentes alturas, tons de pele e quantidade de membros. Olhando para os lados, pudemos ver banners luminosos, placas em neon, faixas coloridas e bandeirolas de promoção penduradas por cima de portas e janelas das lanchonetes e das lojas de todos os tipos de itens possíveis e imagináveis. Depósitos de sucata, restaurantes típicos, balcões de reparo rápido de equipamentos de comunicação, minimercados, bancos de depósito de cristais, bares, pousadas. Nii era realmente tudo aquilo que os guias e os livros sugeriam.

– Vai ser fácil achar a casa da mulher que o Roy falou – resmunguei. – Quase não tem gente nem pousadas neste lugar.

– Fácil vai ser voltar até o elevador que pegamos – Callandra rebateu a ironia. – Estou tentando prestar atenção para não nos perdermos.

– O meu faro funciona mesmo eu não me transformando – falou Aira mais alto, para que sua voz pudesse ser ouvida em meio à multidão. – Eu consigo levar a gente de volta quando for a hora.

– Comida – comentou Parugh. Nós andávamos em fila e ele estava na retaguarda, visivelmente desconfortável com a quantidade de pessoas ao nosso redor.

– Precisamos comer algo decente mesmo... – concordou Callandra. – Eu me pergunto onde poderia comer sapos luminosos aqui.

– Callandra, por favor – respondi enojado.

Seguimos na rua até chegar a uma praça de alimentação. O pátio era enorme e circular, com o chão totalmente gradeado e preto, e uma faixa rosa vibrante circundava a praça de fora a fora. No centro, uma grande escultura abstrata de metal preto retorcido e luzes piscantes. As opções de culinária eram inúmeras, mas Callandra, além de optar pelos asquerosos sapos luminosos, ainda acabou convencendo Aira e Parugh a comerem o mesmo. Fu comprou algumas porções de frutas em uma máquina instantânea e eu decidi comer um sanduíche de carne rosada – uma iguaria comum a todos os planetas da galáxia e que era barata, rápida e tão saborosa que dava a certeza de que fazia um mal danado ao corpo.

Após a refeição, compramos os comunicadores básicos para Parugh e Aira, como tínhamos combinado. Sincronizamos os canais, fizemos alguns testes e, depois de algumas tentativas, os equipamentos estavam funcionando perfeitamente. Isso permitiu que nos separássemos para tentar encontrar a Casa da Madame Zuksa mais rápido e cobríssemos um campo maior para coletar informações sobre as ações do exército e sobre em que pé estavam as acusações contra nós.

— Certo — comecei. — Eu fico com Aira e Parugh. Para proteção.

— Você não quer mais nada, né? — comentou Fu, me desafiando.

— Não acho que eu e Parugh devemos ficar no mesmo grupo — disse Aira. — Se alguma coisa acontecer, nós somos os mais fortes. Sem ofensa!

— É, Aira tem razão — concordou Callandra. — Vamos fazer assim: doutor Fu, Aira e eu vamos para este lado. — Apontou para uma ruela à esquerda. — Luminus e Parugh vão por ali. — Indicou o lado oposto, onde uma larga escada levava para um nível superior da cidade.

Concordei por fim e nos separamos. O sol estava começando a se pôr e as luzes brilhantes dos estabelecimentos ficavam cada vez mais intensas, causando um leve desconforto nos meus olhos. Parugh seguia apreensivo, mas olhava tudo com muita curiosidade.

Subimos os degraus de ferro e nos deparamos com uma grande avenida dentro de um túnel, que aparentava ser bastante comprido. Em sua entrada, liam-se em neon verde as palavras "Garganta Musical" e imediatamente presumi que poderia ser um reduto de artistas de rua que se reuniam para tocar seus instrumentos, cantar e vender sua arte a turistas e transeuntes. Sobre ele, erguia-se um alto arranha-céu de vidro azul, cujas janelas refletiam todo o cenário à sua volta, dando a impressão de que o prédio nada mais era do que uma aglomeração ilógica de lojas e feixes de luz.

Entramos no túnel e, se Parugh já estava maravilhado com a iluminação e a explosão de cores da cidade, eu imaginava a impressão que a arte e a música neônica causariam nele.

– Parugh – perguntei –, você sempre foi escravo?

– Sempre – ele respondeu, seco. – Exército. Trabalho. Raça monstro. Não gente.

Eu não me lembrava de ter visto nenhum outro poliarmo antes de o conhecer em Blum. Sabia que era uma raça escravizada, mas havia movimentos de libertação acontecendo pela galáxia, tanto que muitos planetas e povos já consideravam a escravidão ilegal. Pensar que Umbrotz o mantivera fazendo trabalho forçado por tanto tempo me dava um nojo tremendo. Naquele momento, refleti sobre o quão sortudo eu era; afinal, nunca tinha sido privado de nada. Sim, eu perdera meu posto de capitão e minha nave, mas nada disso se comparava a passar uma vida sem liberdade. Que bom que tínhamos desmantelado o plano de Umbrotz, que bom que ele estava preso pelos crimes que havia cometido e que bom que Parugh seguira conosco naquela aventura. Acho que nossa maior conquista enquanto tripulação tinha sido proporcionar a ele (e para Aira também) uma vida nova.

– Música. Bom – continuou ele, fechando os olhos e parando no lugar.

– É excelente, meu companheiro – concordei, tocado, e bati em um de seus ombros alaranjados.

Permanecemos um pouco mais ali, observando os artistas, ouvindo suas canções e admirando suas pinturas, esculturas e outras obras de arte. Trocamos algumas palavras com o outro grupo pelos comunicadores, mas eles ainda não haviam encontrado sinal da Casa da Madame Zuksa e não queriam pedir informações, a fim de evitar qualquer tipo de atenção indesejada. Seguimos no túnel até o final e, quando saímos dele, a noite já havia coberto o céu por completo.

11

Nenhum telão parecia noticiar a fuga de um ex-capitão de Gurnefhar e nenhum quadro de avisos da cidade tinha nossos rostos na seção de procurados. Até então, também não havíamos avistado nenhum outro oficial militar e nenhuma nave sobrevoava a cidade, o que nos dava uma breve e perigosa sensação de segurança.

Entretanto, um alvoroço me chamou a atenção logo que saímos do túnel. Vários alienígenas estavam aglomerados e formavam uma fila abaixo de uma grande bandeira amarela e brilhante, onde pude ler "Corrida de Jetpacks – Grande prêmio da noite: 20 cristais Lazuli". Fiz sinal para Parugh e decidimos nos aproximar para entender o que estava acontecendo.

— Últimas inscrições! Últimas inscrições! – gritava um robô alto de corpo todo vermelho. Ele segurava um microfone em uma das mãos e brandia a outra no ar, enérgico. – Apenas um cristal Lazuli para participar! Sem preconceito de raça, sem preconceito de tamanho ou idade!

Enquanto ele dizia isso, outros dois robôs menores, também vermelhos, passavam pela multidão segurando baldes cheios de cristais ao coletar inscrições. Quem pagava a taxa era direcionado para a fila de largada, que até o momento tinha aproximadamente quarenta participantes, e recebia uma mochila a jato.

— Vista nossa mochila Z-3000 e desafie seus limites! Até onde você consegue chegar? – o apresentador continuava. – Voe pelo céu de Nii, passe no meio dos anéis luminosos suspensos e cruze a linha de chegada primeiro para ganhar! Simples, rápido e você ainda pode ganhar uma bolada!

Eu admito que fiquei extremamente empolgado. Afinal, todos os pilotos da frota de Kildar eram treinados para usar *jetpacks* na academia. Além disso, ganhar vinte cristais Lazuli poderia mudar nossa situação. Poderíamos comprar ainda mais suprimentos para nossa viagem! Eu teria cristais suficientes até para alugar uma nave e partir em busca da Ragnarök sem depender de Nelube e Roy.

Ok, ok, eu sabia que tínhamos acabado de conversar sobre não chamar atenção e sobre nossa prioridade ser achar a casa estranha que Roy tinha indicado e blá-blá-blá, mas não havia sequer um rastro de atividade militar em Nii. Por que não aproveitar a oportunidade? Seria ótimo, inclusive, ver a cara de Fu e Callandra ao aparecer com aquele tesouro nas mãos! Já podia ouvi-los dizendo em coro: "Oh, o Luminus é tão esperto!", "Oh, capitão, você nos salvou mais uma vez", "Oh, o que seria de nós sem você?".

Dei alguns passos em direção ao robô maior e fui impedido por Parugh. Virei para trás e olhei para cima. Ele fazia um movimento negativo com a cabeça.

– Chamar atenção. Perigo.

– Parugh – eu disse, tentando me desvencilhar dele. Sempre ficava surpreso com sua força. – Esses cristais vão nos ajudar. Agora me solta, sim?

Ele não obedeceu.

– Parugh – continuei –, eu sei o que estou fazendo. Então me solta, querido companheiro.

Ele seguiu me segurando, impassível.

– Parugh! – Eu começava a ficar irritado e a quantidade de mochilas a jato disponíveis para os competidores estava diminuindo. Havia apenas uma coisa que eu podia fazer para convencê-lo a me soltar. – Eu compro outro sapo luminoso para você.

E ele finalmente me liberou. Fez um sinal de dois com a mão, deu um sorriso torto e começou a me empurrar para a frente da multidão. Quando cheguei perto do trio de robôs, saquei um cristal do bolso e depositei em um dos baldes. Eles olharam para mim de cima a baixo, fizeram algumas anotações num tablet próximo e então me entregaram um capacete marrom, um par de óculos de proteção e a última Z-3000 disponível.

A *jetpack* era grande e toda branca por fora, sem zíperes ou bolsos, e a parte que ficava contra as costas era bastante rígida, mas curiosamente confortável e anatômica. Abaixo dela, apontava um largo cano preto de propulsão. Dois braços de metal, da mesma cor, brotavam da parte de cima da mochila e desciam até o alcance das minhas mãos. Em suas extremidades, pequenos painéis de controle com botões coloridos sensíveis ao toque com símbolos de ignição, parada, emergência e piloto automático. Aquela corrida seria moleza.

Caminhei em direção à linha de partida, que ficava na beirada de um precipício. Eu não conseguia ver nada abaixo por conta da escuridão, mas sabia muito bem o que encontraria: terra, pedras, concreto, dor, membros quebrados e um inenarrável sofrimento. À nossa frente, um grande anel amarelo luminoso flutuava no ar, sustentado por pequenas hélices no topo. Olhando mais adiante, pude perceber uma sequência de aros coloridos que desenhavam uma trajetória em linha reta e depois viravam para a esquerda, subiam e desciam em curva até um último aro xadrez atrás de nós, que representava a linha de chegada e que estava acima de um grande colchão de ar, para amortecer o impacto dos finalistas.

Os espectadores vibravam e torciam, agitando as mãos e incentivando os participantes. Parugh não estava muito empolgado com nada daquilo, mas eu sabia que os espetos de sapos luminosos iriam deixá-lo feliz.

Eu me preparei para começar, olhando fixamente para a frente e preparando o dedo para dar a partida na *jetpack*. O primeiro robô, o maior dos três, se posicionou atrás de todos os competidores.

– Lembrem que não é nossa responsabilidade caso vocês se machuquem ou algo pior aconteça – ele dizia tranquilo em seu megafone enquanto andava de um lado para o outro. – A nova mochila a jato Z-3000 é a mais segura, estável e moderna do mercado! O piloto automático está configurado para levá-los de volta ao percurso caso vocês se desviem dele. Portanto, pressionem o botão imediatamente se precisarem. Boa sorte a todos! – Ele pausou. – Em suas marcas... Três... Dois... Um... Voem!

Imediatamente uma nuvem de fumaça branca se ergueu na linha de partida e um barulho alto de ignição e explosão sufocou todos os sons à minha volta. Os competidores se lançaram para a frente e partiram velozes em direção ao primeiro anel luminoso, subindo, descendo e rodopiando no ar, ultrapassando uns aos outros num ritmo frenético.

Para não perder tempo, apertei o botão de partida e dei um salto para içar voo, porém, como não estava habituado àquele novo modelo seguro, estável e moderno, fui bruscamente arremessado para trás e caí de costas. O propulsor da *jetpack* funcionava perfeitamente e sua força me empurrava pelo chão na direção oposta à que eu deveria ir. Parei, então, de apertar o botão de impulso e me pus em pé, ainda atordoado com o choque. O mundo girava na minha frente e mal notei quando Parugh se aproximou.

– Ajuda? – ele perguntou, aflito.

– Sim, Parugh – respondi, ainda zonzo. – Mas não sei como você pode...

E, antes mesmo que eu pudesse responder, ele me apanhou com os quatro braços e me levantou sobre sua cabeça.

– Parugh, não! – gritei em desespero ao me lembrar da última vez que ele havia me segurado assim. – Nada de sapos luminosos para você!

E, como se eu não tivesse protestado, ele começou a correr e me lançou para a frente, em direção ao precipício. Tudo passou por mim como um grande borrão colorido, que, após alguns segundos, se tornou completa escuridão. No momento em que percebi que caía vertiginosamente em direção ao solo do planeta Neônico, meu único pensamento foi o de que eu podia ter cometido um pequeno erro ao me inscrever para aquela corrida.

12

Por sorte, aquele bendito piloto automático funcionava e funcionava bem. Assim que o equipamento notou que eu estava em queda livre, sua inteligência artificial fez com que um grande ponto de exclamação vermelho holográfico se projetasse no meu campo de visão. Sem perder tempo, apertei-o com força e, em questão de segundos, o propulsor foi religado. Os comandos direcionais se iluminaram e os braços mecânicos da *jetpack* tomaram vida, endireitando meu curso e me fazendo subir de volta para a pista aérea sem grande dificuldade – tirando, claro, as inúmeras viradas bruscas que me deixariam com torcicolo e náusea mais tarde.

Assim que me aproximei do primeiro anel luminoso, restabeleci o controle manual e me propeli para a frente. A sensação de voar era libertadora e, apesar do pavor que tinha acabado de sentir, a mochila era muito resistente e dava uma boa sensação de estabilidade. Testei os comandos para todas as direções e notei que a *jetpack* também tinha sensores de movimento, que permitiam que eu a conduzisse usando apenas a inclinação e o peso do meu corpo. Como não havia ninguém próximo a mim e todos os participantes já estavam alcançando a curva adiante, testei a velocidade do jato e me preparei para arrancar.

O propulsor era potente e, por isso, consegui atravessar os anéis luminosos seguintes com facilidade. Os gritos animados da torcida já não existiam e as únicas coisas que eu ouvia eram a combustão do fogo azulado da mochila, o ronco das fábricas a distância e as navalhas do vento contra meu rosto, tamanha era a velocidade da minha corrida.

Quando me aproximei da curva, alguns competidores começaram a ficar para trás. Um rodopiou e espiralou para baixo, outro bateu com força contra um adversário que estava à sua frente e ambos perderam o controle de seus equipamentos, saindo do trajeto pela tangente e precisando fazer uma grande volta para retornar. Passei por um grupo de três ou quatro participantes que pairavam no ar, tontos e confusos com qual direção seguir. Eu estava com a vantagem de, até então, não ter participado de nenhum embate direto com ninguém e podia concentrar meu olhar adiante, sem muitos obstáculos, mas podia imaginar a sensação de desnorteamento que eles sentiam.

Fiz a curva para a esquerda, zunindo, e ultrapassei mais alguns que pareciam ocupados demais em atrapalhar os outros em vez de se preocuparem com a própria corrida. Fiquei surpreso quando passei por algumas duplas que tentavam lutar agarradas em pleno ar, desferindo socos, cabeçadas e pontapés uns nas mochilas dos outros e usando o impulso dos jatos para empurrar os oponentes para fora do percurso. Os rastros de fumaça dos primeiros colocados ficavam cada vez mais próximos e, se eu quisesse ganhar, precisaria me apressar.

Terminada a curva, a hora era de voar para o alto e atravessar algumas nuvens antes de descer para o mergulho final. A subida foi mais fácil de controlar, uma vez que eu não precisava equilibrar minhas pernas para que não pendessem para baixo. Gotículas de água das nuvens batiam contra os óculos de proteção e dificultavam a visibilidade e, quando estava alcançando o último anel antes de girar para descer, notei que meu jato perdia força e senti um forte puxão para trás.

Olhei para baixo e notei dois competidores agarrados em minhas pernas, puxando-as para baixo e tentando me jogar para trás a fim de me ultrapassar. Em uma ação coordenada, ambos desligaram seus propulsores e, com o peso, minha *jetpack* começou a tossir fumaça. Eu torci o corpo e chacoalhei as pernas violentamente, tentando escapar, mas eles seguravam firme e não pareciam querer me soltar tão facilmente.

Só quando minha mochila aparentou falhar por completo, os dois deram um último puxão, me levando para baixo de suas cinturas e apoiando os pés nos meus ombros. Então, religaram suas *jetpacks* e baforaram a fumaça branca diretamente no meu rosto. O fogo proveniente da combustão queimou parte das mangas da minha jaqueta e chamuscou as extremidades da alça da mochila que me sustentava no ar. Girei algumas vezes para trás com a força do impulso e, não fossem os óculos, eu provavelmente teria perdido minha visão.

Sem perder tempo, liguei meu propulsor e disparei na direção da dupla trapaceira. Larguei os comandos, apontei os braços para a frente, numa posição digna de super-herói, e voei entre os dois, entrando no aro iluminado e jogando-os para o lado, fazendo-os errar o último anel da subida.

Comecei a descida e avistei os participantes que restavam à minha frente. Apontei a *jetpack* para cima e encarei o chão de Nii. Ele estava longe e o último aro xadrez não passava de um minúsculo ponto na paisagem. Conforme descia, olhei os controles na ponta dos dedos para ver se havia algum comando que não tinha notado.

Ignição? Não.
Parada? Não.

Emergência? Não.
Piloto automático? Não.
Turbo?
Turbo!
Como eu não tinha visto aquilo ainda? Acionei o botão assim que ele apareceu na minha tela. Imediatamente uma mensagem holográfica se iluminou, me alertando do perigo de acionar aquele modo na posição em que eu me encontrava; afinal, já tinha a gravidade e o propulsor a meu favor. Ter uma terceira força me empurrando para baixo infligiria uma dificuldade ainda maior para parar ao final da corrida. Eu me lembrava do colchão de ar posicionado para receber a queda de todos, mas tive minhas dúvidas de que ele seria suficiente para evitar que eu esmagasse minha cara contra o chão.

Quando acionei o turbo, vi a chama da propulsão brilhar num azul ainda mais forte abaixo de meus pés, e o rastro de fumaça que eu deixava no ar se encorpou a ponto de se tornar tão espesso quanto a nuvem branca que havia se erguido no início da corrida, durante a partida de todos. A velocidade dava a sensação de que minha pele iria se desprender do meu rosto, e de que toda a minha roupa estava sendo completamente rasgada no ar. Naquele momento compreendi que todos haviam acionado o turbo para arrancar no início da corrida e provavelmente não teriam mais aquele comando para ajudá-los.

Passei por um, dois, seis, dez participantes e zuni por todos eles, atravessando os aros sem dificuldade. Restavam apenas quatro círculos coloridos para atravessar e eu podia contar apenas três adversários à frente. O turbo já começava a dar seus últimos impulsos, e eu me aproximava cada vez mais da linha de chegada. O medo do impacto certo se confundia com a adrenalina que corria em meu sangue e fiquei extasiado quando passei por mais dois competidores e outros dois aros.

Restava o último deles, o círculo xadrez brilhante que me daria a vitória e os tão desejados cristais. O rastro de fumaça do primeiro colocado estava cada vez mais perto e eu podia sentir o calor da chama da sua *jetpack* em minhas bochechas. Poucos metros nos separavam do colchão amortecedor e, num dado momento, ficamos ombro a ombro, nos empurrando impetuosamente para tentar a última ultrapassagem da corrida.

Atravessei por fim o aro e caí com violência contra a bolsa de ar. Meus braços doíam, minhas pernas tremiam e eu não conseguia me levantar. As pessoas à minha volta gritavam e celebravam o campeão. Virei o corpo e olhei para cima, enquanto os outros oponentes cruzavam a linha de chegada e se chocavam contra o espesso colchão. Procurei por indícios de que havia saído vitorioso, vasculhei a cena atrás dos robôs vermelhos de antes e finalmente vi quando um saco de cristais começou a vir em minha direção. Eu ainda estava meio atordoado pela queda, mas comecei a pensar em tudo que poderia comprar com o prêmio.

Porém, ele não me foi dado. O robô que o carregava passou direto por mim e o entregou ao outro competidor, para a minha tristeza e decepção. Ele, triunfante, retirou os óculos e o capacete e revelou sua identidade – era humano, assim como eu, possuía cabelos curtos e bem escuros, além de um nariz relativamente grande, que me fez reconhecê-lo na hora.

Eu havia chegado em segundo lugar, afinal. E tinha perdido para ninguém menos que Parvel Calister, líder da tropa Delta.

13

Parvel era um colega de turma que havia se formado junto comigo na Academia Intergaláctica de Kildar. Já tínhamos feito algumas missões juntos e sua nave era uma das mais bem equipadas da frota, a Valquíria, que obviamente só perdia para a Ragnarök. Ela possuía amplas janelas de vidro na cabine de controle para melhor observação durante a navegação, asas direcionadas para trás para ganho de velocidade, aerofólios grandes e um nariz pontudo.

Eu me levantei do chão, tirei o pó da calça e apaguei pequenas brasas em meu cabelo. Ainda meio tonto, admito que o sentimento de acusá-lo de trapaça passou pela minha cabeça, mas pensei que ele poderia ter as informações que buscávamos sobre o general Basqe, o que acontecera com Umbrotz ou o que pudesse estar ocorrendo em Blum (ou em qualquer outro planeta que tivesse recebido os equipamentos de crono-reversão). Eu precisava ser cauteloso, pois ele ainda era subalterno ao general e poderia ter ordens para seguir.

Ele olhou para mim, me reconheceu e se aproximou, dando-me um tapa amistoso nas costas contra a minha vontade (eu já mencionei que estava frustrado por não ter vencido?) e fez um gesto para que eu aguardasse um pouco. Parugh, por sua vez, me ajudou a retirar a *jetpack* e a colocou em um grande caixote, conforme um dos robôs menores indicava. Depois me perguntou se eu tinha ganhado, mas eu não respondi.

– Luminus! – Parvel se aproximou de nós, segurando um pequeno saco de couro, cheio de cristais. – Que galáxia pequena! O que o traz a Neônico?

– Parvel – respondi cauteloso –, é uma parada para reabastecimento. Estávamos em missão aqui perto e decidimos dar uma passada – menti.

– Que corrida, hein? Eu não sabia que você gostava de corridas de mochila a jato.

– Eu não gosto, mas quem sou eu para recusar a chance de ganhar uns cristais Lazuli?

As pessoas começavam a se dispersar enquanto os robôs vermelhos guardavam as faixas e limpavam as *jetpacks* do caixote. O maior deles se aproximou de mim, me perguntando se eu havia retirado o prêmio de segundo lugar e, quando neguei, ele estendeu a mão e me ofereceu um item que parecia uma pequena caixa preta.

– Taí um prêmio legal – disse Parvel, com a típica efusividade que me cansava.

– Quer trocar? – arrisquei, já sabendo a resposta.

– Não, não. Eu tenho um desses já.

Parugh aproximou o rosto do objeto e o tocou com um dos dedos, desconfiado. Eu também não fazia ideia do que era aquilo e, por isso, olhei para Parvel com ar de dúvida.

– Perdoe-me! Eu não me apresentei! – disse ele, estendendo a mão para Parugh. O poliarmo não estava acostumado a cumprimentar pessoas socialmente e se confundiu um pouco ao retribuir o gesto. – Sou Parvel Calister, capitão da Valquíria, líder da tropa Delta de Kildar! Você deve ser Parugh, certo? Vi seu nome nos registros novos da Épsilon.

– Prazer – Parugh respondeu educadamente.

– Agora, o que é isso que eu ganhei, Parvel?

– Isso aí é um escudo de luz – ele respondeu, apanhando a caixa da minha mão. – Dá só uma olhada.

Ele a abriu com agilidade e retirou de dentro dela um bracelete também preto. Pediu que eu estendesse minha mão e rapidamente apanhou meu antebraço para afivelar o item, enquanto começava a me explicar seu funcionamento.

— Você precisa empurrar o braço para a frente com força enquanto o gira para a direita. O movimento tem que ser seco e preciso. Faz aí.

Após algumas tentativas frustradas, consegui realizar o gesto correto e senti o bracelete esquentar e vibrar sobre a minha pele. Imediatamente, seis raios de luz brancos emergiram do acessório, cobertos de faíscas azuis que irradiavam intensamente. Segundos depois, uma teia da mesma cor se formou entre os feixes, unindo-os completamente. O escudo era grande e tinha quase a minha altura, e a luz que ele emitia era forte o suficiente para dar ao objeto um aspecto quase sólido, rígido. Agitei o braço novamente, seguindo as instruções de Parvel, e o escudo se desfez tão rápido quanto tinha se formado.

Depois de ver o escudo em ação, talvez eu tenha ficado menos frustrado por terminar a corrida em segundo lugar.

Apenas talvez.

Seguimos andando e perguntei casualmente para Parvel sobre como estavam as coisas em Kildar. Sondei se havia acontecido algum evento grande do qual eu poderia não estar sabendo. Ele não mencionou absolutamente nada sobre os acontecimentos em Numba e admitiu ter ficado aliviado quando Onyx Lestrak assumiu o comando da base norte de Blum. Segundo ele, os outros capitães tinham ficado perplexos com o plano de reavivamento de dragões que eu havia desmantelado, junto a Fu e Callandra.

— E, pelo que eu sei, desmontaram mesmo todo o laboratório em Blum — disse ele.

— É, disso eu fiquei sabendo também — comentei, reticente. — Você tem reportado algo ao general Basqe ultimamente?

— Nada além do básico — ele respondeu. — Só mensagens de checagem e histórico de navegação.

— Entendi.

— Luminus...

Então, ele sacudiu a cabeça, parou abruptamente e me encarou. Olhou para Parugh também e sinalizou para que entrássemos numa rua estreita entre uma loja de artigos de caça e pesca e um bar. Paramos para ouvir o que Parvel tinha a nos dizer, mas ele andava de um lado para o outro e eu logo percebi que algo estava errado. Era óbvio que ele sabia de alguma coisa. A questão era: o quê?

— O que está acontecendo? — ele perguntou diretamente.

— Do que você está falando? — indaguei.

— Eu sempre acompanho os relatórios oficiais de todas as tropas de Kildar — começou. — E, para a minha surpresa, um tal de Fenîk passou a ser o encarregado pela Ragnarök. Perguntei para os capitães da Alpha e da Gamma se eles sabiam de algo e me disseram que você tinha perdido seu posto.

— Parvel, eu... — comecei a tentar explicar, mas não soube continuar a frase.

— Você destruiu um templo sagrado em Numbatzi-kul, Luminus. Você ateou fogo numa biblioteca na Cidade Velha.

— Eu desmantelei um plano que podia colocar em risco toda a galáxia, Parvel — respondi, tentando soar firme. Eu estava irritado, tentando entender aonde ele queria chegar com aquelas acusações. Esperei que fizesse algum comentário sobre eu ter sido exilado em Gurnefhar ou estarmos sendo procurados.

— E todos concordam que isso foi heroico, não estou dizendo o contrário. — Ele baixou a cabeça e começou a coçar as têmporas. — Mas não faz sentido. Por que você causaria danos a tantos patrimônios da galáxia? Algo não encaixa.

— Aonde você está querendo chegar, Parvel? — perguntei, dando um passo à frente. Parugh fez o mesmo.

— Nós podemos não ser tão próximos, mas isso não parece algo que você faria — ele disse. — Agora, você pode me dizer o que está acontecendo?

Mas, antes que eu pudesse responder qualquer coisa, o comunicador de Parugh se acendeu, assim como o meu. Após alguns segundos de estática, ouvimos a voz de Callandra do outro lado da linha.

— Luminus, Parugh, onde estão? — Ela parecia exausta. — Acabamos de encontrar a Casa da Madame Zuksa.

14

O caminho até a mansão foi silencioso e desconfortável. Parvel insistiu em nos acompanhar, mas não fez mais nenhuma pergunta.

Seguimos as coordenadas de Callandra com cuidado e passamos por vários outros estabelecimentos comerciais – como um cinema de catorze dimensões, por exemplo, que, por mais que eu pensasse a respeito, não conseguia entender quais seriam elas –, todos com o mesmo padrão de neon, ferro e aço polido. Apesar do cair da noite, o movimento das pessoas não diminuía em Nii.

Chegamos a uma rua mal iluminada e erma, repleta de latões, aparelhos eletrônicos quebrados, caçambas de descarte e caixas vazias. Alguns alienígenas conversavam na frente de uma porta baixa e lambiam dos dedos das mãos uma pasta alaranjada que retiravam de um grande tonel de lixo, provavelmente resto de alguma comida local. Eram altos, extremamente magros, tinham pele roxa e três olhos na face. Nos encararam por alguns segundos e depois perderam o interesse, voltando a se falar em um idioma que não pude reconhecer.

Seguindo em frente, nos deparamos com um longo lance de escadas, cuja descida levava para um amplo pátio coberto. Do teto cinzento pendiam cabos espessos de energia e uma complicada rede de canos de tubulação, que provavelmente abasteciam as casas e lojas acima. Nele também estavam instalados bulbos de lâmpadas incandescentes com filamento amarelo, que serviam para aquecer o lugar.

O que me chamou a atenção, na verdade, foi uma escultura localizada bem no centro do pátio, entre nós e a grande mansão escura. No meio de várias colunas de ferro, bancos quebrados e mais caçambas de lixo, uma esfera enferrujada se erguia do chão e flutuava sobre uma placa circular preta. Ao nos aproximarmos dela, notei tímidas linhas em baixo relevo, que cobriam e circundavam o objeto por completo, emitindo uma tênue luz branca.

– É impressionante uma escultura desse tamanho flutuando. Deve ser magnetismo. Esse aí é Neônico – disse Parvel. – Legal, né?

– O planeta é representado por uma bola voadora enferrujada com bateria fraca? – comentei.

– Com o progresso e o crescimento dos centros, algumas ruas e locais são substituídos. Este pátio pode ter sido um lugar importante no passado, e essa esfera devia ser linda, polida e brilhante. Nii é uma capital bem desenvolvida, mas possui certa desigualdade social. – Ele virou e apontou para a rua em que estávamos. – Aqueles alienígenas buscavam comida no lixo por não ter o que comer. Lá é o que chamam de "rua de fundo", pois se tornou a parte de trás de lojas e restaurantes que foram crescendo para ruas maiores.

Concordei com a cabeça e fiquei em silêncio por alguns segundos, pensativo. Parugh já havia ido em direção à mansão e, quando olhei para ele, vi que conversava com Fu, Callandra e Aira, que estavam em pé na frente de uma grande porta de madeira, nos aguardando. Parvel seguiu até eles também e os cumprimentou com abraços e apertos de mão.

Cheguei um pouco depois e falamos sobre nosso encontro na corrida de *jetpacks*. Como já era de se esperar, Fu desaprovou o risco, ficou irritado e me xingou. Respondi à afronta com uma virada de olhos e o deixei falando sozinho, porque eu não era obrigado a nada. Aira disse que ficou morrendo de vontade de tentar usar uma mochila a jato e Callandra deu risadas quando Parugh fez a encenação de quando me arremessou para a morte.

A mansão destoava do resto das construções que havíamos visto até então. Era inteiramente revestida de tábuas rachadas de madeira preta e sua fachada ocupava toda a parede do pátio, de fora a fora. Sua aparência lembrava a de uma casa mal-assombrada, pois também estava coberta de pó. Aparentemente tinha dois andares, e pude contar onze janelas ao todo – cinco no andar superior e seis no inferior. Apesar de as cortinas estarem fechadas, na maioria delas notei que as luzes pareciam acesas. Alguns degraus largos nos conduziam para a grande porta dupla de entrada e, acima dela, um letreiro luminoso azul e amarelo piscava e mostrava a palavra "Zuksa" escrita em letra cursiva.

Além de tudo isso, eu podia jurar ter ouvido gritos desesperados vindos de dentro.

Legal aquela indicação do Roy.

15

O interior da mansão era menos macabro do que eu imaginava. O saguão principal era bem largo e um comprido tapete vermelho ia da porta até uma escadaria lateral, que conduzia os hóspedes para o andar superior. A parede da esquerda era repleta de máquinas automáticas de comida e bebida, de onde uma família alienígena parecia retirar seu jantar. Abaixo de seus pés havia latas, restos de alimentos pisados e poças gosmentas de substâncias que eu preferi nem tentar descobrir o que eram.

Ao lado, um comprido corredor revelava as portas de alguns quartos e uma preguiçosa camareira arrastava um carrinho cheio de fronhas, lençóis e cobertores usados. Ela tinha quatro pernas, três braços (o que deveria facilitar bastante na hora de lavar tudo aquilo), cabelo vermelho armado e uma pele quase transparente. A parede da direita tinha mais alguns corredores, mas nada disso era impressionante.

O que se destacava, além do balcão circular de informações bem no centro do saguão, era a criatura enorme de duas cabeças sentada atrás dele.

Madame Zuksa não era humana, obviamente, e aparentava ser a gerente e a recepcionista da mansão. Ao mesmo tempo. Ela tinha um fone em cada uma das orelhas direitas e, nos receptores de áudio, falava ininterruptamente sobre serviço de quarto, reclamações, cancelamentos de taxa e pagamentos adiantados – tudo isso era muito confuso de acompanhar, pois, tendo duas bocas, uma delas não esperava a outra terminar de falar para começar. Sua voz era grave e acelerada.

– Boa noite – disse ela. Seu rosto era difícil de ler, pois tinha óculos escuros na frente dos dois pares de olhos. Seu cabelo era preto, extremamente liso e descia até os ombros. Ela também usava um forte batom vermelho nos múltiplos lábios.

– Boa noite! – comecei. – Nós gostaríamos...

– Silêncio, por favor – disse ela, levantando com rapidez um dos dedos cheios de rugas. – Estou no telefone.

– Eu achei que... – tentei me desculpar.

– O que deseja? – perguntou ela, levando as mãos para baixo a fim de digitar em um dos três computadores sobre o balcão. Decidi ficar em silêncio para não a interromper mais uma vez. – Vamos!

O que deseja?! – repetiu ela, impaciente, levantando mais uma vez o dedo e apontando para nós. – Um quarto para seis?

– Cinco, madame – disse Parvel. – Eu vou dormir na minha nave, pessoal.

– Mas ela está falando com a gente? – perguntei, confuso.

– Claro que está, Luminus – disse Fu. – É só prestar atenção.

– Preciso fazer algum cadastro ou... – Eu me aproximei mais um pouco do balcão para perguntar.

– Silêncio, por favor! – respondeu ela, ríspida. – Estou no telefone! É uma emergência? – perguntou, mas eu não sabia para quem. Esperei alguns segundos. – Solen, vômito no quarto sete! – ela gritou. Imediatamente a camareira largou o carrinho, apanhou um balde e alguns panos limpos e trotou em direção às escadas. – A reserva dura oito horas e eu tenho um único quarto para cinco pessoas. Dois cristais Lazuli, pagamento antecipado.

Antes que eu pudesse fazer alguma coisa, Parvel se adiantou, retirou os cristais da bolsa de couro que havia ganhado e os colocou em cima do balcão. Callandra começou a protestar, mas Madame Zuksa foi rápida ao recolher o pagamento. Logo depois, ela jogou um cartão de acesso para cima e Fu conseguiu apanhá-lo no ar.

– Sem barulho, sem sujeira – disse ela em tom ameaçador. Aquela recomendação não fazia sentido algum, uma vez que eu ainda conseguia ouvir gritos, além de constatar como a mansão era malcuidada e suja. Os carpetes estavam rasgados, manchados e cobertos de poeira. Os quadros estavam todos tortos e o lustre que pendia sobre o balcão tinha duas lâmpadas faltando.

– Bom, eu vou ficar em Nii por mais alguns dias – disse Parvel. – Mas agora vou voltar à Valquíria para descansar. Os outros devem estar se perguntando se eu ganhei a corrida.

– Bom descanso, Parvel – disse Callandra. Aira e Parugh o cumprimentaram com apertos de mão, e os três seguiram para o quarto indicado no cartão de acesso.

– Luminus, se precisarem de alguma coisa, vou estar nos postos de abastecimento no nível inferior. – Ele aproximou seu comunicador de pulso do meu e registrou seu contato direto. – Fale comigo, se eu puder ajudar.

– Claro – respondi, seco. – Boa noite e obrigado pela ajuda com o escudo.

– Por nada. Até mais, doutor Fu. – Depois de se despedirem, ele foi em direção à porta e saiu.

– Esse cara tem o respeito que você não tem, Odra – provocou Fu. – Machuca colocar o "doutor" de vez em quando?

– Agora não, Fu – respondi, preocupado.

— O que foi dessa vez?

— Não sei se só nós cinco temos alguma chance contra o general Basqe e todo o plano de reavivamento dos dragões siderais. Principalmente agora, sem nave e sem suporte de Kildar. Se ele encontrar as páginas escondidas do bestiário e conseguir utilizar o DNA da túnica sagrada, vamos precisar de mais aliados.

— E você não confia no Parvel? — Fu perguntou, direto.

— Aí é que está — respondi. — Eu não sei.

— Você perguntou para ele alguma coisa sobre o que aconteceu?

— Ele me disse, na verdade — comecei. — Ele sabe que eu perdi meu título, que Fenîk está como capitão da Ragnarök e que nós destruímos o templo em Numba. Contou que ele e os outros capitães ficaram aliviados com o desmantelamento do plano do Umbrotz, mas também ficou sabendo que a biblioteca da Cidade Velha foi reduzida a cinzas depois que passamos por ela.

— Então o Basqe não disse que você foi exilado.

— Aparentemente, não. Eu disse que estava aqui para reabastecimento, mas ele não acreditou. Eu também fiquei pensando... O general não pode falar o motivo real que o levou a nos deixar em Gurnefhar, porque isso exporia o seu próprio plano. Ele vai intensificar a nossa acusação de depredação de patrimônios da galáxia, o que é péssimo.

– Se eu for preso, direi que foi tudo ideia sua e que eu era seu refém.

– Típico.

– De qualquer forma, Callandra e eu tivemos uma ideia boa sobre aonde ir depois daqui. Essa sua preocupação com aliados já tinha passado pela nossa cabeça.

– Aonde?

– Eu quero que ela lhe diga pessoalmente – terminou Fu e começou a caminhar em direção ao quarto. – O que seria de você sem nós, Odra?

Por mais que eu não gostasse de não ser consultado na tomada de decisões ou na elaboração de planos, eu estava grato por eles terem pensado em alguma coisa.

16

O quarto era bem pequeno e três das cinco camas já estavam tomadas. Assim como a escultura velha de Neônico no pátio, elas também eram sustentadas por magnetismo e não possuíam pés. Uma janela velha ficava em uma das paredes, o chão era coberto de um carpete azul mofado e não havia móveis, apenas uma pequena cômoda de metal escovado e uma grande tela interativa, pela qual se entrava em contato com a madame Zuksa no andar de baixo. Ao lado dela, dois canos largos emergiam do chão e, pelo desenho explicativo que piscava sem parar, descobrimos que eram os canais de entrega de pedidos do serviço de quarto.

Aira estava felicíssima com a hospedagem e encarava tudo como uma grande aventura, o que não deixava de ser. Os últimos acontecimentos tinham sido extremamente importantes para ela, uma vez que passara boa parte da vida enclausurada em uma biblioteca, e eu conseguia ver o vínculo entre ela e Callandra crescer a cada dia. Assim como Parugh, que mal cabia na cama que ele mesmo escolhera, a biófila tivera a vida mudada por completo, e eu ficava feliz por tê-la na equipe. Com todos os perigos que insistiam em nos perseguir, era conveniente ter um membro que pudesse se transformar num enorme lobo prateado, super ágil e feroz. Não apenas isso, também era gratificante poder levar os dois pela galáxia e proporcionar a eles aquelas experiências.

– Callandra – eu me dirigi a ela ao sentar na ponta da cama –, Fu me disse que você tem uma ideia de onde podemos ir agora.

– Tenho, sim. – Ela parecia distante. – É uma tacada no escuro, mas eu não consigo pensar em outra alternativa.

Antes de deixá-la começar a contar seu plano, relatei o que havia conversado com Fu no saguão da mansão, assim que Parvel se retirou. Mencionei minhas desconfianças e minhas dúvidas sobre o sucesso do plano caso não conseguíssemos aliados para nos ajudar na luta contra o general.

– Nós conversamos sobre isso enquanto procurávamos pela mansão. Agora, com o que você conseguiu do Parvel, podemos entender uma porção do plano do general para nos manter longe.

– Parece que ele quer que as outras tropas não confiem em você, capitão – Aira contribuiu.

– É, eu também sinto isso – disse. – E se eu não for confiável, como poderei expor os planos dele?

– Muitas pessoas acham que o que ganha uma guerra é o poder das armas – adicionou Fu. – Mas o que realmente define a vitória no campo de batalha é o acesso à informação. O general é poderoso e tem alta influência sobre todas as tropas e até sobre a população de Kildar. Se ele quiser pintar a frota Épsilon como inimiga da galáxia, ele vai conseguir e as pessoas vão acreditar.

– É por isso que não podemos contar com ninguém do exército – disse Callandra.

– Mas então a gente vai contar com quem? – perguntei, inquieto. – Não podemos sair por aí entregando panfletos. A gente nem tem nave para entregar panfletos, se essa for a sua ideia.

– Deixa ela falar, Odra – interrompeu Fu, bruscamente.

– Bem, podemos sair daqui amanhã bem cedo e partir para Ígnir. Lá tem um grupo de rebeldes que é comandado por uma capitã exonerada da academia. Ela teve uma briga feia com o general Basqe há alguns anos, porque discordava de várias regras, e desde então suas relações com o exército estão cortadas. Ela não sabe o que acontece nos planetas supervisionados por Kildar e Kildar, por sua vez, não tem influência sobre nada que acontece em Ígnir e seus arredores.

— Mas o general a deixou sair da tropa e levar um bando de soldados junto com ela? — Aira perguntou, curiosa.

— Os rebeldes não são soldados. Alguns eram companheiros da academia que não quiseram se tornar cadetes, ou que desistiram do curso de formação. Tem também alguns nativos ígneos sob seu comando — Callandra continuou.

— E por que ela nos ajudaria? — perguntei desconfiado. Afinal de contas, se fosse eu que estivesse no lugar dela, não sei se arriscaria minha paz para ajudar um bando de desconhecidos.

— Bom, eu e a Nathara temos uma história — respondeu Callandra, insegura.

Eu já tinha ouvido aquele nome em algum lugar, provavelmente conversando com a própria Callandra durante alguma patrulha no passado, mas a memória era vaga. Comecei a formular a pergunta sobre quem ela era quando ouvi um ronco barulhento vindo de uma das camas. Olhamos todos surpresos para o lado e vimos Parugh deitado de braços abertos e pernas esticadas, dormindo profundamente. Aira segurou o riso e tapou a boca com uma das mãos, enquanto Fu e Callandra trocavam olhares e bocejos. Estávamos todos tão exaustos e apreensivos com a saída apressada do planeta pântano e a procura pela mansão que um pouco de descanso cairia muito bem. Decidimos, então, continuar a conversa de manhã e dentro da Hati, no nosso caminho para Ígnir.

Finalmente um plano.

Ou metade de um, porque não tínhamos garantia nenhuma de que ele daria certo.

Callandra e Fu desceram ao saguão para comprar comida para terminarmos a noite alimentados. Claro que "alimentados" era uma palavra bem forte, pois a única coisa que estava disponível nas máquinas do andar de baixo eram petiscos coloridos, açucarados e industrializados chamados "Meteoritos" e algumas latas de refrigerante "Galaxy-cola".

Após o saudável, farto e maravilhoso banquete, deitamos e tentamos descansar um pouco. Naquela noite, demorei algumas horas para dormir e, quando consegui, não sonhei com nada.

A manhã chegou rápido.

Assim como as batidas fortes e impacientes na porta do nosso quarto. Lá fora, reconheci a voz de Parvel chamando pelo meu nome.

– Luminus, Luminus! – dizia ele, arfando. – Abre a porta, agora!

17

Levantei com um pulo. Callandra, Fu, Aira e Parugh já estavam despertos e olhavam atentamente para a porta enquanto eu seguia para abri-la. Parvel estava com o braço apoiado na parede e a respiração acelerada. Ele pediu alguns segundos para recuperar o fôlego e endireitou sua postura.

— O que foi, Parvel? — perguntei, aflito.

— Eu recebi ordens para... — continuava arfando, mas respirava fundo, tentando diminuir o ritmo das batidas de seu coração — te prender.

— O quê?! — Fu correu para a porta e se pôs ao meu lado. — Como descobriram que estávamos aqui tão rápido?!

— As ordens chegaram essa manhã pelo comunicador da Valquíria — ele continuou. — Preciso que venha comigo.

– Parvel, eu não posso fazer isso – respondi. – Você não imagina o que está acontecendo.

– Eu não imagino, mas o que você quer que eu faça? Sei que está acontecendo alguma coisa, mas as ordens são diretas e eu não posso desobedecê-las. Desculpe-me!

Ele levou a mão até o cinto, sacou rapidamente uma pistola de plasma atordoante e apontou para mim. Fu ficou sem ação e eu senti uma gota de suor descer pela minha nuca. Levantei devagar as mãos para não mostrar resistência.

– Parvel – comecei a dizer, medindo minhas palavras com cautela –, o general está por trás de tudo que está acontecendo. Os planos de reavivamento dos dragões siderais continuam sob o comando dele.

Parvel olhou para baixo, confuso por alguns segundos, mas continuou com a arma empunhada. Levantou o olhar e me encarou com seriedade, tentando saber se deveria acreditar em mim ou não.

– Essa acusação é séria demais, Luminus – ele continuou. – Você e sua tripulação estão sendo acusados de destruir patrimônios históricos e de deserção. Venha comigo!

– Mas se você já sabia disso ontem, por que não me prendeu? – indaguei.

– Nós tínhamos recebido uma notificação de alerta, mas as ordens expressas de captura foram dadas hoje. – Estava inquieto. – Luminus, por favor, não resista!

Ele deu um passo para a frente, aproximou a arma do meu rosto e levou a outra mão para alcançar meu ombro. Imediatamente, levantei meu braço direito e o girei com um movimento seco, da mesma maneira que ele próprio havia me ensinado a fazer no dia anterior. O escudo de luz se materializou num clarão azul e eu o usei para empurrar Parvel para trás. Um de seus dedos estava no gatilho, e um tiro de plasma disparou contra a superfície brilhante do escudo, depois ricocheteou para o corredor da mansão.

O barulho do disparo alertou os hóspedes vizinhos, que colocaram a cabeça para fora dos quartos e soltaram gritos abafados de medo antes de se trancarem novamente. Parvel se desequilibrou e caiu, mas conseguiu apoiar um dos joelhos no chão e voltou a apontar a arma para a frente. O escudo era quase do meu tamanho, e eu fiz um sinal para que Fu ficasse atrás de mim.

— Temos que sair daqui agora — gritou Callandra de dentro do quarto.

Quando olhei para trás, vi Parugh virar para a janela e dar um soco violento contra o vidro, que estilhaçou em milhões de pedaços. Ele estendeu duas das quatro mãos para Callandra e apontou uma delas para Fu. Com movimentos rápidos, ambos aceitaram a ajuda do poliarmo, apanharam suas mãos e pularam em direção ao pátio. Aira, por sua vez, começou a rosnar e trocou olhares comigo, rugindo para a porta.

– Usem força não letal para capturar os tripulantes da Épsilon – disse Parvel em seu comunicador de pulso ao observar tudo aquilo. – Repito: força não letal!

– Parvel, por favor! Não queremos machucar vocês! – pedi enquanto avançava em sua direção.

– Se não quer me machucar, venha comigo, Luminus! E vamos tirar isso a limpo.

Dei mais um passo e ele recuou. Aira passou correndo por trás de mim e me puxou pelo braço. Saímos pelo corredor e rumamos para o andar inferior. Parvel se pôs a correr atrás de nós, com a arma sempre apontada.

No térreo, madame Zuksa estava atribulada com as ligações e pedidos dos hóspedes, da mesma maneira que a havíamos encontrado na noite anterior.

– Madame! – comecei a dizer ao me aproximar do balcão.

– Silêncio! Estou ao telefone! – ela respondeu, agressiva. – Como posso ajudar?

Olhei para a escadaria e vi quando Parvel desceu o primeiro lance. Eu não sabia se aquela pergunta tinha sido para mim, mas tive uma ideia para podermos ganhar tempo.

– Madame, aquele homem está fazendo barulho e sujeira na mansão!

Como se aquilo tivesse sido a maior das ofensas dirigidas a ela, a proprietária virou a cabeça para Parvel e se levantou do balcão. Tinha duas pernas e era extremamente alta. Seus microfones estavam presos a um cinto preto, cheio de cabos, pequenos autofalantes e luzes piscantes. Ela caminhou em direção a Parvel, apontou o dedo para ele e vociferou:

– Ninguém causa arruaça na mansão da madame Zuksa!

Parvel se desequilibrou assustado e caiu para trás. Começou a tentar se explicar, mas a única coisa que a madame conseguia fazer era repetir a taxa de arruaça de dois cristais Lazuli, enquanto seguia atendendo os hóspedes com uma das cabeças. Eu conseguia ler a confusão nos olhos de Parvel, mas não tinha tempo de observar como tudo aquilo terminaria. Aira saltou para a frente e alcançou a porta principal numa velocidade incrível.

Quando saímos, vi dois soldados olhando na direção da escultura esférica de Neônico e disparando rajadas de plasma contra Fu, Callandra e Parugh, que se escondiam atrás dela. Antes que pudesse dizer qualquer coisa, Aira encurvou seu corpo para baixo, soltou um uivo agudo e, em instantes, havia tomado a forma de licano completamente. Com movimentos velozes e certeiros, nocauteou os dois soldados, que deviam ser companheiros de Parvel na tropa Delta, tripulantes da Valquíria. Ao passar por seus corpos desacordados, percebi uma garota de pele branca e cabelos azuis e um alienígena com cabeça de pássaro, de penugem vermelho-escura e listras pretas.

– Vocês estão bem? – Callandra perguntou assim que os alcançamos.

– Sim, mas logo virão atrás de nós – respondi. – Por que a ordem de captura foi dada hoje?

– Alguém deve ter informado ao general ou aos soldados que estávamos em Nii – comentou Fu. – Se Parvel só havia recebido o alerta, o general ainda não sabia que tínhamos saído de Gurnefhar.

– Parvel? – foi a vez de Parugh falar.

– Ele pode ter informado ao general que me encontrou aqui em Neônico e ter recebido a ordem diretamente – respondi.

– Não sei. Isso não parece algo que o Parvel faria – defendeu Callandra.

– Mas faria sentido. Ele também não estava inclinado a desobedecer às ordens que tinha recebido pela manhã – disse Fu. – E o alerta sobre os danos ao patrimônio foi enviado somente aos soldados, aparentemente.

– E eu não me identifiquei na corrida de *jetpacks* nem na mansão.

Lá atrás, um cansado Parvel abria as portas violentamente e corria em direção aos companheiros abatidos. Sacou do bolso da jaqueta um frasco borrifador e espirrou um líquido dourado no rosto de ambos, que começaram a recuperar a consciência quase que de imediato.

– É um elixir de força! – disse Fu, com urgência. – Eles vão se levantar e começar a correr.

– Vamos até a Hati para sair daqui o mais rápido possível! Qualquer conflito vai gerar muita atenção! – gritei enquanto subia nas costas de Aira, seguido por Callandra. Parugh, por sua vez, agarrou Fu pela cintura e começou a correr.

– Fu! Você está parecendo um saco de cereais sendo levado pelo Parugh assim! – gritei.

– Cale a boca, Odra! – ele respondeu.

Seguimos correndo pelas ruas de Nii e tentando traçar a rota de volta para o elevador de carga. Apesar do baixo movimento da manhã, as pessoas que já estavam acordadas gritavam e saíam da frente por medo de que Aira fosse atacá-las. Atravessamos a rua de fundo e seguimos o caminho que eu havia percorrido após a corrida de mochilas a jato, passando por lojas e saltando fontes e bancos. Sofri de vertigem ao olhar para baixo por entre as grades de ferro e ver a superfície distante e desolada de Neônico.

Quando alcançamos a área aberta onde a corrida de *jetpacks* havia acontecido, ouvimos um zunido forte vindo de cima de nossas cabeças e um borrão escuro cortou o céu, pousando bem na nossa frente, nos forçando a parar. Quando olhamos com mais atenção, descobrimos que se tratava do mesmo soldado que havíamos nocauteado minutos atrás. Ele se levantou e mostrou suas penas rubras e pretas no rosto com um forte bico alaranjado, que tinha uma mancha vermelha na ponta. Seus olhos eram de um azul-marinho intenso e seus braços, agora descobertos, eram na verdade duas grandes asas.

– Alto lá! – ordenou, apontando uma delas para nós. – Vocês estão presos!

– Ele é da raça volaris. São extremamente ágeis e, como vocês podem ver, eles podem voar – disse Fu.

Que ótimo.

18

– Não fujam! – o volaris começou a dizer em voz alta. – O capitão Parvel irá conduzi-los até a Valquíria para que sejam levados a Kildar.

– Isso não vai acontecer, amigão! – eu disse enquanto descia de Aira.

– Toma cuidado com ele, Odra – disse Fu ao se desvencilhar de Parugh.

Ele tentou apanhar uma pistola de fogo que estava presa em seu cinto. Com reflexos impressionantes, o volaris bateu asas uma vez, alçou voo e mergulhou em nossa direção. Em uma fração de segundo, pousou bem no meio de nós, me deu uma rasteira e acertou Fu com uma das asas. Callandra saltou imediatamente do dorso de Aira, mas não conseguiu apanhá-lo a tempo – ele já havia dado um segundo salto e batido as asas para voltar à posição inicial.

– O que, diabos, acabou de acontecer? – perguntei, me levantando do chão.

– Ele é rápido demais! – Callandra exclamou, ajudando Fu a recuperar o fôlego.

Parugh então disparou em direção a ele e tentou agarrá-lo, sem sucesso. Por conta de seu tamanho, o poliarmo era bastante lento se comparado a ele. A cada golpe desferido, o volaris desviava, abaixava, pulava, defletia e acertava Parugh pelas laterais e nas pernas, deixando-o zonzo, tamanha era sua agilidade.

Aira não resistiu ao ver o companheiro sendo feito de tolo e pulou para ajudar, mas também não conseguiu acertar o alvo com nenhuma investida. Ela ficava cada vez mais cansada e, mesmo quando combinou forças com Parugh, o volaris parecia dançar entre os dois sem o menor esforço.

– Reael! – A voz de Parvel ecoou atrás de mim, Callandra e Fu. Ele havia nos alcançado e estava acompanhado de sua outra companheira, a mulher de cabelos azuis. – Pare um minuto!

O volaris então empurrou o focinho de Aira e voou para trás. As pessoas, que a princípio se escondiam da ação por medo, agora já estavam curiosas para ver o show no meio da cidade. Os artistas se aglomeravam na saída do túnel e trocavam olhares curiosos, aguardando o que iria acontecer. Uma fina fumaça começou a se erguer dos pelos de Aira, e Callandra correu ao seu encontro para cobrir seu corpo enquanto a biólifa retornava à forma humana. Parugh estava sentado no chão, desnorteado. O elevador estava próximo. Só precisávamos seguir pelo túnel, as escadas e a rua da praça de alimentação.

– Parvel! – gritei, encarando-o. – Você não sabe o que está fazendo! Nós não podemos parar aqui.

– Você está fora de controle, Luminus. Se não fez nada de errado, deixe-me ajudá-lo – respondeu ele em negociação.

– Capitão, rede de captura pronta – disse a mulher de cabelos azuis. Ela sacou uma pistola maior, com um cano espesso e largo. Segurava-a com as duas mãos e apontava para Aira, Parugh e Callandra. Parvel fez um aceno afirmativo com a cabeça e ouvimos o estouro. Uma rede grande rasgou o ar na direção dos meus companheiros. Porém, antes de envolver os três, vi quando Parugh, ainda arfando, agarrou os pés do volaris e o arremessou contra o disparo. Reael foi pego desprevenido com o movimento e, quando a rede o atingiu, começou a se enrolar nas cordas enquanto caía no chão com um baque.

Parvel e sua companheira correram em direção a ele e aproveitamos o momento para fugir em direção ao túnel. Parugh disparou na frente para afugentar todos os curiosos que assistiam à disputa. Em questão de minutos, estávamos de volta à praça de alimentação, sem nenhum sinal dos nossos perseguidores.

Corremos em direção aos elevadores sem olhar para trás. Quando as pesadas portas metálicas se abriram, nos apressamos para dentro e apertei o botão de descida frenética e repetidamente. A viagem para baixo foi uma mistura de corações acelerados, respirações ofegantes e ondas de ansiedade intensa – coisas que já estávamos nos acostumando a sentir diariamente.

Logo o elevador parou novamente e as portas voltaram a se abrir. Ficamos receosos de que Parvel e sua equipe estivessem nos aguardando para nos surpreender. Naquele momento, refleti se o elevador tinha sido a melhor alternativa de fuga, já que estávamos dentro de uma caixa de metal resistente, com apenas uma saída, fazendo dela o local perfeito para uma armadilha.

Sorte a nossa que ele não pensou tão rápido assim.

Não havia ninguém à nossa espera. A fina garoa ainda caía desde o dia anterior e o chão estava encharcado e escorregadio. Fu olhava incessantemente para o alto procurando por Reael, e Callandra virava a cabeça o tempo todo para ver se não havia ninguém saindo do elevador. Rumamos, então, para o posto de abastecimento, passando pelas pilhas de lixo e postes caídos.

Nelube estava carregando uma caixa para dentro da Hati quando nos viu. Seus olhos amarelos esbugalhados se arregalaram como se tivessem visto cinco fantasmas, e ele correu para dentro da pequena nave para chamar seu companheiro mecânico. Roy saiu apressado pela porta e acenou quando nos viu.

— Voltaram cedo! — disse ele um tanto desconcertado, por algum motivo. — Acordamos faz pouco tempo e... estávamos aguardando vocês! Mandaram minhas lembranças à madame?

— Mal tivemos tempo de dormir direito, Roy — Callandra respondeu e avançou rapidamente para dentro.

— Espero que não tenham danificado nada que eu tenha emprestado — disse ele, olhando para mim.

— Nós precisamos sair daqui agora, senhor! — gritou Aira, arfando da corrida.

— O que houve? — perguntou Nelube, moroso.

— Longa história — respondi com pressa. Apressei-me até a entrada da Hati e coloquei a cabeça para dentro da nave. — Callandra, quanto tempo até Ígnir?

— Algumas horas, dependendo da rota e se utilizarmos as turbinas na potência máxima.

— Eu acabei de abastecer a nave! — Roy começou a reclamar. — Usar as turbinas nesse nível vai queimar mais combustível do que o necessário. Para que a pressa? Não tem ninguém perseguindo vocês agora.

— Olha aqui, Quita'mari! — Fu se aproximou do mecânico com o dedo apontado para seu rosto. Ele vociferava. — Nós não vamos ser presos, nós não vamos ficar em Neônico e nós vamos para esse planeta aí usando a Hati porque ela é a única nave que podemos utilizar. Agora, a menos que você queira recolher suas coisas e mandar lembranças pessoalmente para a madame Zuksa, eu recomendo que você saia do nosso caminho sem reclamar!

— Excelente argumentação, Fu — adicionei.

— Cala a boca, Odra, que eu não estou falando com você — ele respondeu ao passar por mim e entrar na nave.

— Quanta ingratidão. Você deveria agradecer um elogio desses vindo do seu capitão.

— Ex-capitão.

A audácia dele era algo com que eu já estava acostumado. Mas eu ainda ficava surpreso com comentários assim. De qualquer modo, Roy ficou sem argumentos, fechou a cara e entrou na Hati aos resmungos.

Eu me aproximei do painel de controle e vi Callandra selecionar o piloto automático para Ígnir. As rotas até o planeta eram diversas, mas ela parecia em dúvida entre duas: a mais segura, segundo o mapa estelar, passava sem problemas por algumas luas e planetas menores, enquanto a mais rápida nos levava pelo meio de uma vasta nuvem de asteroides. Como a Hati era uma nave pequena e mais frágil se comparada à Ragnarök, decidimos seguir pela rota mais segura, uma vez que já tínhamos vivido surpresas demais para uma manhã.

Todos estavam se arrumando como podiam, entre as poltronas e o chão. Nelube ligou a nave, acionou todas as turbinas que Callandra havia indicado e começamos a ascender em direção ao céu de Neônico. Conforme nos distanciávamos da atmosfera, podíamos ver Nii se tornar cada vez menor; suas luzes cintilavam por entre as nuvens como pequenas estrelas coloridas. Assim que chegamos no espaço, e seu silêncio e infinitude se desdobraram perante nossos olhos, conseguimos respirar com um pouco mais de calma.

– Naves de reparo como a Hati são rastreadas? – perguntei para Roy, curioso.

– Nenhuma delas – ele respondeu, seco. – Tem tantas espalhadas por aí que qualquer radar ficaria doido. Claro que é estranho ter uma nave dessas num território tão longe de Kildar, mas, a menos que vocês mandem uma mensagem direta para eles ou acionem o recurso de localização manual, acho que estão seguros.

– Bom, vamos nos concentrar para ficar o mais longe possível do Parvel e da Valquíria por enquanto.

– E daquele volaris maluco – disse Fu.

Quando ele mencionou Reael, a expressão de Aira mudou e ela se encolheu na poltrona. Mirou o olhar para fora da janela e fechou os punhos sobre o colo.

– Aira... – Callandra começou. – Obrigada pela ajuda ao sair da mansão. Se não fosse por você e por Parugh...

– Não. Eu não ajudei em nada – respondeu a garota em voz baixa. – Assim como em Gurnefhar com os taruptos... Eu fiquei desnorteada e me perdi.

– Deixe disso, garota – pediu Fu, tentando consolá-la. – Aqueles taruptos eram ágeis demais e estavam em seu próprio território. Já o volaris treinou a vida toda para o combate, imagino.

Mas Aira não parecia convencida. Ela não respondeu, não argumentou, nem disse mais nada por um bom tempo. Tentei começar uma frase para ajudar, mas Callandra fez sinal para que a deixássemos com seus pensamentos. Às vezes as pessoas não querem falar nada, e respeitar isso é a maior das provas de amizade.

– Bom, de qualquer forma – disse afinal, tentando mudar o assunto –, Ígnir. Quem é essa capitã rebelde? Nathara é o nome dela?

– Isso mesmo – disse Callandra. – Acho que ela pode nos ajudar.

– Você disse que tem uma história com ela – continuei. – E qual é, exatamente?

– O nome dela é Nathara Lemon – respondeu Callandra, com os olhos fixos nos meus, depois os desviando para o painel de controle. – Ela é minha irmã.

19

Callandra nos contou brevemente a respeito de sua irmã e de como ela havia desertado do exército. Nathara sempre teve um temperamento esquentado e estava sempre envolvida em brigas e desentendimentos na academia. Apesar disso, sempre conseguiu excelentes notas na maioria das matérias de formação e nas práticas: era exímia na manobra de naves, em manutenção de armas, polimento de armaduras, combinação de elementos, estratégias de batalha, biologia alienígena e sapateado em gravidade zero. Tais talentos não passaram despercebidos pela direção da escola, e ela logo se tornou uma "cadete prodígio".

Tão logo se formou, recebeu o posto de capitã da frota Alfa, com uma das melhores naves já construídas em Kildar: a lendária Dellingr. Ela era imponente, completamente dourada e possuía seis grandes turbinas, três de cada lado da carenagem. Eu já a havia visto algumas vezes nos hangares e sempre suspirava diante dela – para os outros cadetes, a Dellingr era uma nave inalcançável. Todos sonhavam em fazer parte daquela tripulação que colecionava sucessos e conquistas.

Porém, a época de glória de Nathara não durou muito tempo. Sob a liderança do próprio general Basqe, ela patrulhava os planetas que lhe eram designados, mas sempre agia de forma independente. Explorava áreas desconhecidas, navegava por zonas proibidas, ajudava no transporte de armas e suprimentos entre planetas sem autorização e vivia questionando as prioridades do exército. Para ela, o comandante deveria zelar pelo bem-estar e pela segurança de todos, e vasculhar planetas mais pobres atrás de equipamentos roubados ou intimidar baderneiros que protestavam para conseguir mais recursos e auxílio dos planetas ricos eram funções que a deixavam extremamente irritada.

– Aí, um dia, ela resgatou um rebelde que na verdade era um fugitivo do exército – continuou Callandra. – E ele acabou fazendo a tropa toda de refém. As negociações levaram dias até ele se render. Aquela tinha sido a gota d'água. O general ficou bastante irritado e a exonerou do cargo.

– E ela fugiu para Ígnir? – perguntei.

– No dia em que partiu, ela me disse em segredo que iria para além do controle de Kildar. Ela queria estar em um lugar onde pudesse agir sob as próprias regras, sem dar satisfações a ninguém, e me convidou para ir junto.

– E você recusou.

– Sim – ela respondeu, cabisbaixa. – Tive muito medo de contrariar a academia e não tinha nenhuma experiência. Por mais que ela tenha tentado me convencer de que me treinaria e cuidaria de mim, eu disse que não iria. Não nos falamos desde então. Ela agregou alguns recrutas e desativou todos os sistemas de rastreamento da Dellingr antes de fugir.

– Bom saber que ela tem raiva do general – adicionou Fu. – Mas acho que a negociação para conseguirmos o apoio dela não vai ser nada fácil. Ela se isolou por um motivo... e está bem claro que quer distância de qualquer assunto relacionado a Kildar.

– Acho que não temos muita escolha – eu concluí.

Callandra parecia tranquila ao falar do assunto, mas eu podia sentir seu desconforto e insegurança.

– De qualquer forma – ela continuou –, o caminho para Ígnir não é muito longo. Vamos nos preocupar com isso quando chegarmos lá, sim?

– É... Desculpe-me incomodar, mas... – Nelube se virou para trás para falar conosco. Seu dedo comprido e magro estava erguido. – Acho que estamos sendo seguidos.

– Como? – perguntei, incrédulo.

Segundo o radar, havia uma nave em nossa rota, distante, mas em velocidade crescente. A luz do comunicador piscava, o que indicava que tínhamos uma mensagem direta. Roy esticou o braço para autorizar a reprodução, mas eu o interrompi com aspereza.

– Não ligue esse comunicador! Se abrir o canal, poderemos ser rastreados por qualquer um que quiser nos monitorar.

De repente, sentimos a nave chacoalhar. Havíamos sido atingidos por um disparo. Imediatamente pedi que Nelube acionasse um escudo de defesa. Ele obedeceu, mas disse que era um escudo básico e extremamente frágil, para bloqueio de pequenos projéteis.

– Esta nave não é de batalha – disse Fu. – Ela não vai aguentar muitos ataques.

– Deve ser a Valquíria – Callandra concluiu. – Parvel deve ter conseguido nos seguir quando saímos de Neônico.

A nave chacoalhou mais uma vez, e algumas faíscas caíram do teto. Uma pequena luz vermelha se acendeu no painel de controle, indicando que o escudo estava perdendo sua resistência rapidamente. Os disparos contra a Hati ficaram intensos, e o radar indicava que nossos perseguidores estavam se aproximando cada vez mais. Não estávamos nem perto de chegar ao destino e não havia sequer uma lua para nos servir de abrigo. Não havia nada que pudesse nos ajudar naquele momento.

A não ser uma pequena alteração na rota.

20

Entrar na nuvem de asteroides era arriscado, mas poderia funcionar como esconderijo temporário até despistarmos Parvel e sua tropa mais uma vez. A Hati era bem menor que a Valquíria e por isso seria muito mais fácil manobrá-la naquele ambiente. O perigo era óbvio e não havíamos escolhido aquela rota justamente por conta dos riscos, mas eu tinha certeza de que podíamos alterar o caminho sem tantos problemas. Afinal de contas, Nelube e Roy haviam sido treinados para situações daquele tipo e eu tinha plena confiança de que sobreviveríamos sem nenhum arranhão.

Ou quase isso.

Nelube conseguiu desviar de alguns disparos e alterou a rota para a direita com uma curva fechada, se aproximando da nuvem de asteroides, que se alongava por vários quilômetros à frente e era impossível definir onde começava e terminava. Era larga e bastante espessa: inúmeras rochas flutuantes de distintos tons de preto, cinza e marrom giravam sem sair do lugar. Todas tinham tamanhos diferentes e qualquer movimento brusco contra uma delas poderia gerar uma reação em cadeia e transformar a nuvem estática num fliperama desordenado.

Todos prendemos a respiração dentro da Hati, tamanha era a apreensão com colisões indesejadas. Com a ajuda de Roy, Nelube desviava dos fragmentos maiores com rapidez e habilidade. A nave ziguezagueava pelo espaço sem esbarrar em nada, subindo, descendo e se inclinando para todos os lados afim de entrar cada vez mais fundo no caminho inconveniente e arriscado que nos levaria a Ígnir e para longe de nossos perseguidores.

Os disparos cessaram e imaginamos que Parvel estava com o mesmo receio que nós. O radar indicava que a Hati se distanciava de seu alcance, enquanto os censores de proximidade de todos os lados piscavam incessantemente no painel de controle.

– Ele não é doido de atirar nessas pedras – disse Roy, orgulhoso. – Quem sabe o que poderia acontecer se um disparo concentrado empurrasse uma das maiores em direção a uma lua ou outro satélite?

– Ou se uma delas batesse em nós – Aira adicionou. – Como a gente ia sair daqui se os asteroides começassem a se chocar uns com os outros?

– Eu só agradeço por isso não ter acontecido ainda – respondi.

– Perseguição. Não desistir – comentou Parugh, cruzando os braços. – Planeta. Rápido.

– Sim... – concordou Callandra. – Parvel não vai desistir tão fácil, mas pelo menos ele não sabe para onde estamos indo. De qualquer forma – ela se levantou e rumou em direção ao mapa estelar –, Ígnir estará mais próximo por esta rota. E há mais planetas nos arredores... Se conseguirmos despistar a Valquíria, podemos confundi-los e ganhar tempo.

No centro do aglomerado de asteroides, o silêncio era estarrecedor. A impressão de estarmos sozinhos no meio do universo era igualmente assustadora e reconfortante. Nós já havíamos viajado muito entre as galáxias, mas aquele era um sentimento com o qual nunca conseguíamos nos acostumar. Não havia sinal de naves nos perseguindo quando a rota para Ígnir se iluminou no painel de navegação e Nelube acionou o piloto automático.

– Bom, agora é só apreciar a vista – disse Roy, se espreguiçando na poltrona. – Ela é grátis.

– Olhe ali, Aira. – Callandra se aproximou. – Aquelas são as Luas Azuis de Dunninon. – E apontou para uma sequência de três delas, que orbitavam ao redor de um grande planeta amarelado a distância.

– E se você prestar bastante atenção – Fu complementou –, conseguirá ver o ego do Odra sem precisar de um telescópio. É quase do tamanho da galáxia.

– E se você ficar em silêncio – eu disse, me aproximando, ligeiramente irritado –, conseguirá ouvir a cara de pau do Fu gritando por atenção.

Aira soltou uma barulhenta gargalhada e, apesar de eu ter mais uma lista de respostas rápidas para dar a qualquer coisa que o Fu dissesse depois daquilo (já fazia tempo demais que eu não o colocava no seu devido lugar), a atmosfera ficou mais leve. Por um breve momento, acreditei que tudo poderia dar certo.

Comecei a pensar em como faríamos para convencer Nathara a se juntar a nós na cruzada contra os planos do general e olhei para fora, em direção ao planeta Dunninon, que Callandra havia localizado. Entretanto, uma coisa bem no canto do vidro da frente chamou minha atenção: grudado nele e aparentemente imóvel, havia um estranho floco de sujeira do tamanho da minha mão, coberto de pelos pretos.

Fiquei intrigado e resolvi dar uma batida no vidro, na tentativa de fazê-lo descolar. Para a minha surpresa, porém, o pequeno emaranhado peludo não se desprendeu do vidro e, em vez disso, pareceu se mover.

– O que é isso? – perguntei, curioso. – Poeira espacial?

– Não... – Fu parecia tão intrigado quanto eu. – Será que saímos de Neônico com isso? Pode ser dejeto de combustível ou até mesmo lama.

– Sem chance. – Roy se aproximou de nós e encarou o floco de sujeira de perto. – Nós lavamos o vidro da Hati sempre que podemos. Fizemos isso em Nii.

– Parece cabelo. – Foi a vez de Aira se levantar e ver o que estava acontecendo. – Não pode ser uma peruca?

– Peruca? – perguntei, incrédulo. – Como uma peruca estaria vagando pelo espaço bem no meio de uma nuvem de asteroides?

– É, não é uma peruca. Bate de novo – sugeriu Fu.

Eu obedeci e, desta vez, bati no vidro com mais força. O floco de sujeira se mexeu novamente num círculo e parou no lugar. Eu repeti a batida, e a bola de pelos fez o mesmo movimento, como se tivesse se incomodado. Quase parecendo inteligente.

O que só podia significar uma coisa.

Que eu nunca iria ter paz nessa vida.

21

A criaturinha virou os dois olhos enormes para dentro da nave e abriu a boca, revelando dentes brancos e afiados. Poderia estar rosnando, mas era impossível ouvir qualquer tipo de som no vácuo do espaço. Ela não tinha nariz, mãos ou braços, apenas dois pés rosados com dois dedos cada, cujas ventosas aderiam perfeitamente ao vidro e a deixavam andar para lá e para cá por fora da Hati com facilidade.

– Monstro? – Parugh perguntou, sem sair do lugar.

– Sim, sim. Acho que aquilo é um murchi – disse Fu, coçando o queixo ao observar o movimento da pequena bola de pelos. – Eles vivem no espaço e são como uma peste. É praticamente impossível se livrar deles: grudam em qualquer superfície, não precisam respirar e comem praticamente de tudo.

— Nossa, que legal — disse, fingindo não estar em pânico. — Eles podem querer comer a lataria e os fios da Hati?

— Claro que podem — respondeu Fu. — Mas é só esse aí. E ele está parado. Não temos com o que nos preocupar.

E como a lei de Murphy rege o universo mais que a lei da gravidade, imediatamente outras duas bolinhas de pelo se juntaram à primeira — uma laranja e outra branca — e nos encararam com curiosidade. Poucos segundos depois, mais algumas, depois outras e, em questão de minutos, todo o vidro frontal da nave estava coberto de pompons multicoloridos e talvez famintos, se movendo de um lado para o outro.

— Temos que tirar eles daí — disse Roy, sentando-se novamente na cadeira. — O traje espacial está ali atrás. — Apontou para um pequeno armário próximo à escotilha de entrada.

— Então por que é que você está sentado? — perguntei, irritado. — Pode começar a vesti-lo.

— O traje não cabe em mim — ele respondeu. — Eu engordei um pouco desde que compramos.

— Ok, e o Nelube?

— O Nelube está controlando a nave. Ele não pode sair.

— A nave está no piloto automático.

— Agora, com o ataque dos murchis, ele pode precisar fazer alguma manobra para se livrar.

— Sei. — E olhei para o resto da tripulação.

– O verdinho e a menina são pequenos demais, e o grandalhão de quatro braços é muito grande. Aí é com você ou com a dos óculos.

– Callandra – eu disse para incentivar. – Tenho confiança de que fará um trabalho bem-feito.

– Luminus – ela começou –, com todo o respeito e como capitã da Ragnarök, eu escolho você para ir.

Eu fiquei perplexo. Antes mesmo de poder argumentar contra aquela afronta, todos os outros tripulantes da Hati começaram a concordar com a cabeça e a fazer comentários de "boa sorte", "confiamos em você" e "espero que você não morra", entre outros. Um absurdo sem igual. Roy se dirigiu ao armário para o qual havia apontado e retirou dele uma roupa bem grossa, alaranjada e amarrotada, cheia de bolsos e costuras, além de pares de luvas e botas brancas e um capacete circular transparente. Havia uma mangueira flexível que saía dele e voltava para o armário, onde se encontrava um grande tanque de oxigênio empoeirado.

Embora eu não concordasse com nada daquilo, todos ignoraram meus protestos e me ajudaram a colocar o traje espacial, que (infelizmente) coube com perfeição. Nelube tirou o pó do tanque, testou os níveis e me pediu para tentar respirar. Eu já tinha feito aulas em gravidade zero antes e já havia utilizado roupas bem parecidas com aquela, então nada foi muito novo.

– As botas são de sucção, então você vai conseguir andar livremente pela carenagem – disse Roy, me entregando um tipo de vassoura.

– Para que isso? – perguntei, ainda sem aceitar o objeto.

– Você não pode remover os murchis com as mãos. Eles vão devorar suas luvas.

– Mas uma vassoura?!

– Não tem o que fazer. Aproveite e esfregue o vidro, que agora está cheio de manchas de pés.

Roy pediu, então, que eu ficasse em frente a uma comprida escotilha no chão. Levantou a porta, que parecia pesada, e puxou para cima uma espécie de cápsula cilíndrica de vidro, de aproximadamente dois metros de comprimento. Ele a abriu com um movimento seco e gesticulou para que eu me deitasse dentro dela. Havia também um buraco selado e emborrachado para que a mangueira de oxigênio passasse junto com a pessoa que sairia da nave.

Entrei na cápsula segurando a vassoura e fui colocado no pequeno compartimento com a ajuda de Parugh. A porta acima de mim se fechou e uma série de luzes azuis se iluminou no compartimento, mostrando níveis de oxigênio, resistência do traje e alguns botões holográficos de emergência. Depois, uma segunda porta, desta vez abaixo do cilindro, se abriu devagar para fora e eu pude ver aquele mar de asteroides que nos rodeava a olho nu, além da imensidão do espaço.

Saí do cilindro com cuidado e apoiei meus pés contra a carenagem da Hati. Eles grudaram de imediato na superfície e eu consegui me equilibrar com facilidade. Comecei a caminhar em direção ao vidro da frente, segurando a vassoura com as duas mãos e olhando frequentemente para trás a fim de garantir que nenhum daqueles murchis decidisse experimentar o gosto do tubo de oxigênio.

As criaturinhas estavam amontoadas e se alvoroçavam a cada passo que eu dava em direção a elas. Com cautela, usei a vassoura para lançar algumas para cima, depois em direção aos asteroides próximos. Elas abriam e fechavam a boca, provavelmente tentando emitir um som, e sacudiam os pés em protesto.

Tudo corria bem: eu havia conseguido me livrar de mais da metade dos monstrinhos antes que eles comessem alguma parte da nave e ignorava os comandos de Roy pelo intercomunicador sem me irritar tanto, até que um deles, de pelo marrom, fez o favor de pular na minha bota e começar a mordê-la. Os outros pareceram achar a ideia brilhante e começaram a caminhar em minha direção.

Quando tentei usar a vassoura para espantá-lo, ele deu um salto e abocanhou o cabo, partindo-o ao meio. Por mais que pular num ambiente de zero gravidade fosse bastante perigoso, o pequeno murchi não se afetava e conseguiu mastigar parte do cabo que havia permanecido na minha mão depois de sua acrobacia.

Outras três bolinhas de pelo alcançaram as minhas botas, e não tive escolha a não ser agitá-las o mais rápido que o vácuo do espaço me permitia. Tentei sacudir também o que restara da vassoura para cima e para baixo, sem sucesso.

– Odra, você tem que se livrar deles – disse Fu pelo intercomunicador, calmo.

– E você acha que eu estou tentando fazer o quê? – perguntei, impaciente. – Alguém pode me dar alguma ideia de como tirar esses bichos daqui?!

Se as botas que eu estava usando não fossem de sucção, eu teria sido jogado contra os asteroides com a manobra que Nelube fez naquele momento. A Hati começou a balançar de um lado para o outro, como se fosse um grande cachorro molhado tentando se secar. Boa parte dos murchis que haviam permanecido no vidro agora se desprendia da superfície e flutuava para longe, enquanto os que estavam alojados na minha bota lutavam para permanecer ali.

– Acabaram? – A voz preguiçosa de Nelube estava ainda mais abafada através do comunicador.

– Faltam só quatro! – respondi de prontidão.

Estiquei o braço com o cabo que segurava o murchi marrom o mais longe possível de mim e me abaixei para apanhar os outros três. Talvez não fosse o movimento mais seguro a se fazer, mas aqueles monstros não desgrudavam de mim de jeito nenhum. Com a mão livre, consegui arrancar um à força e jogá-lo para trás. Nesse momento, um dos outros dois me encarou com seus olhos negros enormes, mostrou os dentes e ameaçou dar um salto em direção ao meu capacete. Então, antes que ele conseguisse atacar, puxei o cabo de vassoura mordido e usei seu companheiro marrom preso na ponta para golpeá-lo em cheio.

Agora, só restavam dois monstrinhos para lidar. Eu comecei a caminhar de volta para o cilindro de vidro e arremessei o cabo de vassoura para longe, junto com um deles. O último, de pelo vermelho rajado de laranja, que ainda estava grudado na minha bota, podia ter facilitado todo o processo e me deixado apanhá-lo com a mão, mas, em vez disso, começou a subir pela minha roupa e a dar pequenas mordidas no meu traje. Ele era ágil e aquilo que Fu havia dito sobre conseguirem grudar em qualquer superfície estava provando ser verdade da pior forma possível.

– Luminus? – Callandra falou comigo pelo intercomunicador. – Não conseguimos mais ver você. Aconteceu alguma coisa? Seu nível de oxigênio está baixando.

– Que maravilha! – respondi, aflito. – Tem uma última bola peluda escalando o traje e mordendo as costuras. O ar deve estar vazando pelos buracos!

O murchi vermelho andava pelas minhas pernas, subia e descia pelas minhas costas, parava sobre o capacete e voltava a descer pelo meu corpo, sem me dar chance de segurá-lo. Eu comecei a me sentir zonzo, provavelmente porque o ar estava acabando, e muito incomodado. Foi assim que tive uma ideia.

– Vou precisar da atenção total de vocês quando entrar de volta na Hati – disse, utilizando o comunicador.

– Você conseguiu se livrar do último murchi? – Callandra perguntou.

– É exatamente por isso que preciso de atenção. Estou levando-o para dentro da nave.

Os protestos contra a presença do monstro no interior da Hati foram incontáveis, mas eu não iria ficar me debatendo no espaço, correndo o risco de morrer asfixiado, por conta de uma peste daquele tamanho. O murchi seguia caminhando alucinado pelo meu corpo enquanto eu apressava o passo em direção à escotilha, antes que ele causasse algum estrago maior ao traje.

Deitei rapidamente no cilindro, acionei os botões de fechamento da porta externa, desliguei o oxigênio e esperei alguns segundos para a porta interna se abrir. Saltei para fora do compartimento, arrancando o traje do meu corpo com rapidez.

– Essa coisa vai comer os controles! – Roy gritava em desespero. – Nós vamos ficar à deriva no espaço, seu idiota!

– Onde está o murchi?! – Callandra perguntou, apanhando o traje do chão. – Não consigo vê-lo em lugar nenhum!

– Aqui! – Parugh berrou enquanto tentava pisar no monstro, que se desviava com facilidade de seus ataques.

– Ele está indo para o painel de controle! – Fu mergulhou no chão para agarrá-lo, sem sucesso. Durante a tentativa frustrada, bateu nas pernas de Nelube, que estava em pé ao lado de uma poltrona, fazendo-o cair em cima de seu corpo numa cena bastante engraçada, se vocês quiserem saber minha opinião.

A loucura tomou conta da Hati enquanto o murchi corria de um lado para o outro sobre o painel. Ele pressionava botões, acionava alavancas, pulava sobre telas, e a nave, por sua vez, respondia com luzes piscando e disparos de alarmes.

Foi então que Aira, sem se transformar, tomou a frente e soltou um uivo agudo e bestial que fez a criatura parar o que estava fazendo, encarando-a num misto de medo e admiração. Então, ela aproximou seu rosto da irritante e caótica bola de pelos e usou seu nariz para tocá-la, acalmando-a por completo.

– Pronto – disse ela, quando o murchi vermelho pulou em seus braços, domado e tranquilo. – Agora podemos retomar a viagem.

22

Apesar de eu ter levado o murchi para dentro da Hati, a ideia de ter um mascote não me agradava e essa foi uma das poucas coisas com as quais eu e Fu concordamos no trajeto até Ígnir. Aira podia jurar que entendia os sentimentos do animal por conta da bestialidade que tinham em comum e garantiu que ele não atacaria ou devoraria nada nem ninguém sem sua autorização. Ela explicou que se tornara o alfa da relação dos dois e ele a tinha como mestre, ou algo nessa linha. Já Callandra argumentava que ter um murchi na tripulação poderia fazer muito bem para nossa saúde mental – e essa foi a coisa da qual eu mais discordei na conversa –, além de que ela não conseguia pensar em nada que impedisse Aira de permanecer com ele. Parugh ficou indiferente e os dois mecânicos preferiram não opinar sobre o assunto.

Nelube conseguiu navegar no meio do aglomerado de asteroides e a viagem durou mais algumas horas, sem sinal da Valquíria nos perseguindo ou de criaturas peludas a postos para atacar. O trajeto revelou mais luas e planetas que eu não conhecia, e nosso mapa estelar mental se ampliava a cada corpo celeste pelo qual passávamos.

Quando nos aproximamos de Ígnir, pudemos sentir a pressão que o planeta exercia em sua órbita. Ele era enorme e alaranjado, coberto por densas nuvens negras, e duas luas pequenas giravam ao seu redor. Quando entramos na atmosfera, sentimos a temperatura subir consideravelmente. O céu era amarelado, e a superfície marrom e vermelha lembrava o magma – não era à toa que ele era citado como o *planeta-fogo* nos livros de referência.

Sobrevoamos montanhas, crateras e vales. Passamos por cima de lagos e mares cuja água se transformava em vapor quando se chocava contra as pedras incandescentes do planeta. Logo avançamos para o grande centro dele – a região de Pyria, que, segundo Callandra, apesar de não ser considerada uma cidade, era onde os rebeldes se concentravam e onde a base de Nathara se estabelecia.

A área de pouso era ampla e bem sinalizada, com faróis elétricos por todos os lados. O chão era asfaltado, e pequenos filetes de lava criavam nele desenhos que lembravam veias e artérias flamejantes. Não havia muitas naves estacionadas, mas um conjunto de nativos ígneos controlava o pouso e a decolagem de todos – alguns andavam pelo chão, descalços, enquanto outros circulavam em veículos individuais que pareciam motos aéreas.

Quando descemos da nave, Roy e Nelube mais uma vez decidiram ficar por ali, reabastecendo e recalibrando os motores e turbinas. Para mim não fazia grande diferença, uma vez que não era novidade que Roy era folgado e inconveniente.

Um ígneo pousou sua aeromoto em nossa frente e pediu que nos apresentássemos. Era alto e tinha a pele cinza e quebradiça. Seus olhos eram firmes, seu cabelo era cheio e algumas brasas se desprendiam dele ocasionalmente. Ele tinha a mesma altura de Parugh e uma veste preta e comprida, de um tecido que lembrava couro. Nas mãos, usava braceletes de ônix preto.

– Esses uniformes não são bem-vindos – disse ele, duro. – Quem são vocês e o que vieram fazer aqui?

– Não estamos a trabalho, oficial – respondi de prontidão. – Na verdade, estamos bem longe disso.

– Expliquem-se – ele apelou e sacou uma lança de ferro que estava acoplada à lateral de seu veículo. Eu tive a impressão de que ela havia se iluminado quando apontou para nós.

– Viemos de Kildar e em paz – Callandra começou. – Temos um assunto urgente para tratar com a comandante Nathara Lemon.

– A comandante? E de onde você a conhece?

– Somos irmãs.

O ígneo levantou uma das sobrancelhas e sacou do bolso um rádio intercomunicador. Virou para trás e disse alguma coisa que não conseguimos entender. Então, ele se virou para nós, bateu a lança no chão e pediu que o acompanhássemos.

Caminhamos eu, Fu, Callandra, Parugh e Aira – que ainda carregava o pequeno murchi nos ombros –, atravessando o pátio e cruzando um pesado portão de ferro preto monitorado por um grande grupo de ígneos desconfiados, com lanças e pistolas apontadas para nós. Saindo da área de pousos, nos deparamos com uma rua larga ao pé de uma íngreme encosta de rocha maciça.

– Os ígneos têm resistência quase completa ao fogo – começou Fu, sussurrando. – Eles conseguem manipular metais, minerais e substâncias quentes como magma com facilidade. Possuem também uma propriedade curiosíssima chamada endopirotermia, com a qual conseguem agitar as moléculas de objetos já quentes a ponto de atingir a incandescência.

– Você está me dizendo que eles conseguem criar bolas de fogo do nada? – perguntei, desconfiado.

– Óbvio que não, Odra. Você ouviu o que eu disse? – ele retrucou, irritado. – Um famoso cientista terrestre disse há muito tempo que "na natureza, nada se cria, tudo se transforma", e essa é uma das leis que regem nosso universo. Acontece que a composição química da pele deles e de seu sangue, que é de altíssima temperatura, reage à temperatura dos objetos. Eles não criam nada, mas funcionam como catalisadores. É como se aumentassem a intensidade do calor.

Continuamos andando pela rua e, aos poucos, a encosta de pedra começou a dar lugar a uma paisagem escura, ainda que bem iluminada, de morros de terra queimada com cavernas sustentadas por ferro fosco – de onde outros ígneos e também alguns humanos saíam e entravam. No alto, saindo de longos postes de aço preto, fios com lâmpadas amarelas e quentes se trançavam. Ao longo da via, pude observar uma feira de pedras e outros minerais acontecendo, num lugar onde diversas barracas estavam montadas. Havia também uma ferraria expondo peças, tochas acesas e moldes, além de túneis iluminados com placas e setas que pareciam conectar várias partes da região. Também reconheci campos de treinamento, onde pessoas treinavam pontaria e lutavam umas com as outras, gritando e celebrando.

De repente, senti uma gota quente cair no topo da minha cabeça. A chuva seria muito bem-vinda naquele momento em que suávamos como nunca, dada a concentração de magma e pedra no mesmo lugar.

— É bom nos apressarmos — recomendou o ígneo, olhando para trás e apertando o passo. — Vai começar a chover.

— Que bom! — respondi. — Estamos morrendo de calor. Um pouco de água vai fazer muito bem para nós.

— Água? — Ele riu. — Vocês realmente não conhecem Ígnir!

Levei a mão ao lugar onde a gota tinha caído e senti minha pele quente, como se tivesse sido queimada. Olhei para cima e, em vez de gotículas transparentes de água, notei que o que caía do céu era de cor laranja. Entendi que realmente precisaríamos acelerar o passo. As gotas de chuva em Ígnir não eram feitas de água, mas de fogo.

23

Ao final da rua havia um grande pavilhão escuro, protegido por altos muros de concreto e um pesado portão, bem parecido com o que víramos na pista de pouso. Por cima dele havia um grande arco de concreto armado, sob o qual conseguiríamos nos proteger das pequenas gotas flamejantes até que a chuva parasse por completo. O ígneo que nos acompanhava falou novamente com alguém no intercomunicador e nossa entrada foi liberada.

A estrutura era gigantesca. O prédio era quadrado, cinza, todo revestido de concreto sustentado por vigas pretas de metal. No topo da parede frontal, havia um estandarte comprido e vermelho. A entrada tinha uma rampa bem iluminada e o fluxo de soldados (se é que podíamos chamar os rebeldes assim) era bastante intenso: eles saíam e entravam em grupos, todos vestidos com roupas pretas idênticas às do ígneo que nos acompanhava.

– A comandante ficou curiosa com a sua visita – falou ele, olhando para trás –, disse que quer vê-los imediatamente.

– Que bom – respondeu Callandra. – Também estamos com pressa para vê-la.

O interior do prédio era impressionante também: era amplo e não possuía balcão, nem mesas, nem móveis, nem nada. Era completamente limpo, com exceção de um grande elevador gradeado no centro, feito de metal e guardado por seis soldados. O ígneo nos apressou para entrar, mesmo sem antes sermos revistados. Para a minha surpresa, nenhuma arma fora confiscada.

Subimos sem fazer nenhuma parada e, quando as portas de metal se abriram, estávamos numa área bem diferente da anterior: havia um tapete vermelho vibrante que se estendia até uma poltrona de pedra no fundo do salão, e em ambos os lados do andar havia grandes mesas pretas, cercadas por soldados ígneos e humanos discutindo assuntos que eram impossíveis de compreender. Do teto, pendiam estandartes vermelhos semelhantes aos que havíamos visto do lado de fora do pavilhão, e a impressão que eu tive foi a de que estávamos entrando em um castelo medieval, prestes a falar com a poderosa rainha de Ígnir.

Nathara estava sentada na poltrona de pedra. Ela segurava um cajado preto com um rubi encrustado na ponta e usava uma veste preta semelhante à de todos os outros soldados. Seus cabelos eram ondulados e castanhos, com as pontas vermelhas.

– Irmã – disse ela.

– Irmã – respondeu Callandra, nervosa.

– Quando Nerus mencionou que minha irmãzinha caçula havia pousado aqui em Pyria, fiquei perplexa e não acreditei, a princípio. Quase ordenei que jogassem todos vocês na masmorra da torre.

– Que bom que você não fez isso, irmã.

– A curiosidade foi maior do que a desconfiança de que alguém pudesse estar se passando por você para me atacar. – Ela se levantou da poltrona e caminhou em nossa direção. – Parece que você se formou na academia, afinal.

– Sim – Callandra disse. – Esses são meus companheiros.

– Sou o capitão Luminus... – tentei dizer, mas, assim que comecei a falar, ela levantou o dedo e o colocou na frente do meu rosto, sinalizando para que eu me calasse. Não tirou os olhos de Callandra em nenhum momento.

– Eu soube que você está trabalhando sob o comando daquele traste do Basqe, mesmo depois de tudo – ela continuou.

— Eu sou tripulante da Ragnarök e nossas missões eram, sim, todas ordenadas pela academia e pelo general.

— Eram? — ela perguntou, levantando uma sobrancelha.

— É sobre isso que viemos falar com você. Precisamos de ajuda e não sabemos a quem recorrer.

— Entendo. — Ela finalmente dirigiu o olhar para o resto de nós, nos observando de cima a baixo. — Então a visita não é social? Que pena.

— Podemos falar em particular? — Callandra olhou ao redor, desconfiada. — O assunto é bastante sério.

— Aqui em Ígnir, a lealdade é a maior das nossas virtudes! — vociferou Nathara, num volume que fez todos os soldados do andar se virarem para ouvir. — Qualquer coisa que tenha a dizer para mim, você pode falar na frente de qualquer um dos meus soldados.

— O general Basqe... — Callandra estava claramente desconfortável com a cena que havia acabado de testemunhar. Sua irmã exercia uma força descomunal sobre ela. — Ele está envolvido num esquema de reavivamento de dragões siderais. Descobriu alguns ovos fossilizados em Blum e pretende realizar uma crono-reversão molecular. Como se isso não bastasse, está em posse da túnica sagrada do maior dos guerreiros da história de Numba e pretende infundir seu DNA neles, para ter as bestas de combate perfeitas sob seu comando direto.

— Interessante — Nathara respondeu calmamente. — E você veio aqui por quê? Para dizer que eu estava certa sobre o caráter dele o tempo todo?

— Não... Sim... Quer dizer, o general só pode reviver os dragões se souber a temperatura exata para a germinação dos ovos. E essa informação está nas páginas da primeira edição do Bestiário Definitivo da Galáxia.

— E vocês estão com essas páginas, presumo. — Nathara se aproximou ainda mais de Callandra, encarando-a com seu olhar penetrante. — E presumo também que vocês sejam os únicos a saber de tudo isso... e que devem estar morrendo de medo do que pode acontecer daqui em diante.

Callandra não respondeu. As páginas do bestiário não estavam conosco naquele momento, mas seguras dentro da Ragnarök, pelo menos era o que achávamos. Ela então olhou para baixo, cerrou os punhos e deixou uma lágrima cair. Nathara, por sua vez, como se toda a dureza que havia nos mostrado fosse apenas fachada, levou as mãos até a face da irmã e a levantou. Colocou sua testa contra a dela e a abraçou com força.

— Callandra, querida. — Nathara terminou o abraço e olhou para a irmã com ternura. — O general é um crápula que só se preocupa consigo mesmo. Não me espanta saber que suas ambições tenham se elevado tanto desde que saí de Kildar. Se o que você está me dizendo é verdade, ele precisa ser detido.

— Então — disse Callandra, enxugando as lágrimas na manga do uniforme —, você vai nos ajudar?

Nathara respirou fundo, olhou para todos nós, depois para os soldados. Bateu o cajado no chão com força, passou a mão nos cabelos e encarou a irmã novamente.

— Ainda não. Antes de qualquer coisa, quero saber do que a minha irmã é capaz.

24

Nathara e Nerus nos conduziram para o maior vulcão de Ígnir: o Monte Fahi. Uma montanha gigantesca e escura, que possuía anéis de fumaça preta flutuando ao redor. Correntes de lava, de um amarelo vibrante, cascateavam, de algumas partes em sua borda e desciam até o chão, cobrindo rochas e formando pequenos rios incandescentes no caminho, exatamente como os filetes que havíamos na pista de pouso. O lugar não ficava muito distante da torre, mas tivemos que usar algumas aeromotos para chegar até o topo.

A borda era espessa o bastante para todas as aeromotos pousarem espaçadamente. A cratera do centro borbulhava e lançava labaredas de fogo para o alto, e um largo pilar de pedra vermelha e cintilante se erguia no meio da lava. Em cima dele, havia uma grande e majestosa nave dourada.

– A Dellingr! – exclamei quando a reconheci.

– Acho que minha nave é famosa, afinal – disse Nathara. – Ela é o símbolo da nossa resistência. Possui programas de navegação antigos e por isso não é rastreada por nenhum canal.

Nathara então se aproximou da borda, convidou Callandra para se juntar a ela e apontou seu cajado preto para a nave.

– A Dellingr está em cima do maior minério de rubi de toda a galáxia. Essa pedra que tenho na ponta do meu cajado foi retirada dali, nos primeiros dias em que decidi permanecer em Ígnir depois de tudo que passei em Kildar – Nathara dizia as palavras com orgulho e de peito estufado. – E eu quero que você, querida irmã, me mostre a força da sua determinação e faça o mesmo que eu fiz.

– Como assim? – Callandra estava perplexa.

– Eu preciso saber se você está convicta o suficiente para lutar contra as forças do general. Se você tiver medo de se queimar com este fogo, é sinal de que não terá coragem o bastante para enfrentar tudo o que vier a se interpor em seu caminho.

Callandra olhou para a irmã, depois para nós. Ela cerrou os punhos e fitou a Dellingr, avaliando se aceitaria o desafio insano.

– Nada de auxílio, nada de armas ou ferramentas. São só você e o vulcão. Você terá de usar as pedras boiando na lava e os pilares de rocha para chegar ao rubi. Você tem uma hora. – Nathara então se virou para nós. – Se ela conseguir um fragmento de rubi do centro do Monte Fahi, vocês terão meu apoio para derrubar o general Basqe e qualquer plano dele. Agora, se ela falhar, vocês terão que sair de Ígnir imediatamente, e eu recusarei seu pedido... assim como Callandra recusou-se a se juntar a mim naquela época.

Nós trocamos olhares tensos e não soubemos o que responder. A aposta era grande, assim como seu prêmio. Ter o apoio de um exército como o de Nathara poderia nos dar uma vantagem importante contra o general, mas aquela escolha não dependia de nenhum de nós, apenas de Callandra.

– Não tenho como recusar isso, irmã – Callandra respondeu, finalmente. – Nós precisamos da sua força.

– Então está decidido – falou Nathara, para que todos pudéssemos ouvir. – Nerus, apanhe sua aeromoto e monitore minha irmã de perto. Afinal de contas, ela pode desistir, mas não precisa cair no poço de lava, não é mesmo?

Nerus obedeceu e em questão de segundos estava sobrevoando a cratera do Monte Fahi. Callandra deixou conosco seu comunicador e sua pistola e foi em direção à borda do vulcão. Nathara então a ajudou a descer por uma encosta até que ficasse em pé sobre um dos quentes pilares de pedra que se erguiam da lava.

Callandra respirou fundo e começou a andar até o limite da plataforma em que se encontrava. Com um salto, alcançou uma pedra disforme próxima e amorteceu o pulo com as mãos. Nós a vimos se levantar rapidamente, olhando as mãos e assoprando-as por conta do calor. Ela suava e olhava aflita para todos os lados, por trás dos óculos embaçados, tentando traçar a rota mais segura até o centro da cratera.

Depois da primeira pedra, arriscou saltar até um fragmento plano de rocha vermelha, que flutuava na lava. Dessa vez, não precisou aparar a queda com as mãos e conseguiu se equilibrar com rapidez. Do seu lado, bolhas de lava estouravam e cuspiam chamas, como se deixassem bem claro que ela não era bem-vinda.

Um tremor de terra nos atingiu e nos fez perder o equilíbrio. Olhamos para Nathara, que não se mexeu, e entendemos que aquilo era algo frequente em Ígnir. Com um vulcão em plena atividade, como aquele, terremotos deviam ser frequentes na região de Pyria. A vibração atingiu a lava também, e uma onda vermelha se ergueu bem abaixo da plataforma onde Callandra se equilibrava, fazendo-a cair sentada para trás.

Aira estava aflita e abraçava o pequeno murchi com força. Parugh estava de braços cruzados, olhando para a frente, sem piscar, enquanto Fu enxugava o suor do rosto.

Ela se levantou mais uma vez e estudou as possibilidades que se mostravam ao seu redor. Saltou por cima de ondas, pulou em mais pedras e plataformas, se agarrou em pequenos pilares. Lava respingava em seu uniforme, pequenas chamas nasciam em suas botas e cabelos, mas nada tirava seu foco de alcançar a grande plataforma de rubi.

— Comandante — disse Nerus ao se aproximar de Nathara em sua aeromoto —, recebi uma notificação da pista de pouso.

— E o que é? Mais mercadores? — disse ela, tentando encerrar o assunto. — Peça que eles aguardem ou voltem amanhã. Estou ocupada.

— Na verdade, é uma nave vermelha que aterrissou e o capitão exige uma audiência imediatamente.

— Aqui é o meu território e ninguém pode exigir falar comigo a qualquer hora — relembrou, irritada. — Diga que estou indisponível, Nerus.

— Mas, comandante — o soldado insistiu e desceu do veículo para conversar com Nathara —, ele diz que seu nome é Fenîk e está aqui sob ordens diretas do general Basqe para lhe conceder perdão. Ele ainda disse — o ígneo olhou para nós, receoso — que se você entregar Luminus Odra e o resto de sua tripulação, poderá voltar para Kildar e comandar novamente a tropa Alfa, com acesso ilimitado aos recursos do exército.

Ouvir aquilo assim, repentinamente, foi como um soco no estômago. A presença de Fenîk, o guarda do centro de detenção de Kildar, em Ígnir, significava que a Ragnarök também estava ali, junto com KJ e as páginas arrancadas do bestiário. Mas também podia significar nossa derrota completa, caso Nathara decidisse nos entregar.

Como ele sabia que estávamos em Ígnir e como chegara tão rápido até nós? Onde estava a Valquíria, com Parvel e sua tropa?

E o mais importante: por que Roy e Nelube não haviam nos informado?

As perguntas que giravam em minha cabeça me deixaram desnorteado. Os olhos de Fu e Parugh se encontraram arregalados, e Aira caiu sentada no chão. Eu não sabia como agir, não havia nada que pudesse fazer naquele momento. Porém, por mais perdido que estivesse me sentindo, ver Callandra abaixo da Dellingr, arfando e segurando um rubi do tamanho de seu punho, serviu como o chacoalhão que todos nós precisávamos.

25

As felicitações pelo sucesso de Callandra no desafio foram breves, mas acaloradas e genuínas. Ela estava bastante orgulhosa de ter conseguido o rubi e a aprovação da irmã. Para mim, o prêmio para uma brincadeira tão perigosa quanto aquela bem que poderia ter sido a nave dourada, mas quem sou eu para julgar os costumes do planeta dos outros?

Nathara sinalizou para que fôssemos todos juntos ao encontro de Fenîk para ouvir sua oferta e avaliar o tamanho de seu poder de fogo. Subimos, então, nas aeromotos e deixamos para trás o Monte Fahi e a Dellingr em cima de seu grande rubi.

Ver a Ragnarök novamente fez meu coração bater mais forte. Fenîk estava em pé abaixo da rampa de entrada da nave, acompanhado de Jona, o outro guarda que nos perseguira durante a fuga da prisão – ambos humanos, eles usavam agora uma farda azul, mas ainda tinham seus pesados canhões cromados de mão pendurados na cintura.

As aeromotos pousaram na pista lado a lado, e Nathara, Nerus e mais sete guardas se enfileiraram para receber Fenîk, mantendo o alerta em caso de ataque.

– Uma honra conhecê-la pessoalmente, comandante Lemon. – Ele estendeu a mão para cumprimentar Nathara, que ignorou o gesto. – O general Basqe tem um apreço muito grande pela senhorita.

– Realmente imagino que tenha, para fazê-lo vir até Ígnir – ela respondeu, firme.

– Olá, ex-capitão Luminus. – Ele acenou para mim, na maior cara de pau. – O general manda saudações a você e toda a sua tripulação.

– Olá, Fenîk – respondi, atrás da fila de soldados de Nathara. – Estou disposto a esquecer de tudo se você me der a Ragnarök de volta.

– Temo que isso não seja possível – ele rebateu, com ironia. – Prisioneiros não têm direito a naves. Comandante Lemon, peço que a senhora os entregue a nós.

– Sobre isso – Nathara começou a andar de um lado para o outro, com calma –, quero que me diga quais são as condições. O que eu tenho a ganhar?

– Bom, antes de mais nada, a permissão de retornar a Kildar com todas as acusações de deserção posto perdoadas – ele começou –, além de um cargo permanente abaixo do general e acesso ilimitado a recursos de exploração. Ele mencionou ainda a possibilidade de atualizar os controles e softwares da Dellingr sem custo adicional e permissão de implementar, sob seu comando, um posto oficial em Pyria.

— Bastante tentador, admito — disse Nathara, batendo seu cajado no chão. — E se eu recusar?

Então Fenîk olhou para Jona, trocou palavras inaudíveis com o companheiro e falou alguma coisa no comunicador de pulso. Olhou para trás e imediatamente quinze soldados desembarcaram em fila da Ragnarök, todos com seus canhões de mão apontados para a frente. Atrás deles, para meu choque, desciam também um mecânico rechonchudo bastante familiar e um alienígena alto e desengonçado.

— Roy?! Nelube?! — gritou Aira confusa, sem conseguir se conter.

— Opa... — começou Roy, um pouco desconcertado. — Olá, pessoal.

— Por favor, me fale que isso não é o que eu estou pensando — pedi, com a voz trêmula de raiva.

— É exatamente isso, senhor Luminus — mas foi Fenîk quem respondeu. — O senhor Roy Quita'mari é um leal funcionário da Academia de Kildar e age com os nossos valores em mente, sempre.

— Leal? — indagou Fu, espumando. — Esse cara venderia a mãe se pudesse!

— Assim eu fico muito ofendido — Roy replicou. — O que vocês queriam que eu fizesse? Traísse a confiança do general? Eu sou só um mecânico e não quero fazer parte dessa rebeliãozinha de vocês.

— Rebeliãozinha?! — gritei para ele. — Você jura lealdade ao general que te abandonou em Gurnefhar sem pestanejar! Ou você vai me dizer que tudo aquilo foi combinado também?!

— Na verdade, essa parte foi real, mas o general se retratou formalmente — Fenîk interrompeu. — Roy contatou a base kildariana assim que vocês pousaram em Neônico. Ele nos manteve informados desde então, e o general foi extremamente generoso em agradecimento.

Troquei olhares com Fu, Callandra e os outros. Todos estávamos enfurecidos, mas nem um pouco surpresos. Roy Quita'mari sempre fora egoísta, desde o primeiro momento e durante toda a nossa jornada até ali. Claro que sem ele e Nelube nós provavelmente ainda estaríamos presos com os ogros e taruptos em Gurnefhar, mas, ainda assim, aquela atitude era de matar.

— Agora, com relação ao que pode acontecer se a senhorita recusar — Fenîk continuou, voltando o olhar a Nathara e levando sua mão até o coldre do canhão —, o general disse que vai considerá-la inimiga da academia e também poderá prendê-la por abrigar os fugitivos.

— Entendo — disse Nathara, com uma calma descomunal. — Nesse caso, acho que a resposta é bastante óbvia.

Então ela bateu seu cajado novamente no chão e olhou para Nerus. Ele, por sua vez, abaixou e tocou o solo com uma das mãos, convidando os outros soldados ígneos a fazerem o mesmo, deixando Fenîk, Jona e todos nós confusos.

Então, como se tivessem vontade própria, os filetes de lava abaixo dos pés dos visitantes se iluminaram e explodiram para cima, lançando centelhas ardentes para o alto, que respingaram contra seus uniformes, armas, cabelos e braços. Os homens entraram em desespero, tentando a todo custo apagar as chamas que nasciam em suas roupas. Fenîk e Jona pularam de susto para o lado e quase caíram no chão.

– Callandra, leve a sua equipe para a torre – gritou Nathara, avançando em direção aos soldados de Kildar. – Vamos escorraçar esses idiotas de Pyria e depois nos encontramos.

– De jeito nenhum! – Callandra exclamou. – Nós podemos ajudar!

– Você acha que sua irmã não consegue dar cabo de alguns soldados do imbecil do Basqe? Ora, não me subestime! Agora saiam daqui antes que alguma coisa aconteça! Só vocês sabem onde estão as páginas do bestiário perdido, não é mesmo?

Nathara então usou seu cajado e atingiu Fenîk no queixo, jogando-o para trás. Jona tentou aparar a queda do companheiro, mas Nerus foi mais rápido, passando uma rasteira nos seus pés, fazendo-o cair de costas.

Os soldados ígneos correram em direção aos kildarianos e, apesar da desvantagem em número, não deixaram espaço para que eles sacassem seus devastadores canhões. Socos e chutes eram desferidos contra as mãos, braços, pernas e pés dos oponentes, funcionando como uma onda não-letal de golpes furiosos.

Callandra olhou para nós e não foi necessário dizer nenhuma palavra para entendermos o que precisávamos fazer. Começamos a correr para trás, em direção aos portões de ferro e à rua que tínhamos percorrido mais cedo. Eu não parava de pensar na Ragnarök ali, a poucos metros de distância, sem que pudéssemos fazer nada para chegar até ela.

– Odra! – gritou Fu enquanto virávamos uma esquina. – Você percebeu se mais soldados desceram da nave quando a comandante começou o ataque?

– Não desceu mais ninguém – respondi, tentando recordar. – Acho que não havia mais ninguém dentro da Ragnarök, por quê?

Fu então sinalizou que parássemos de correr e começou a digitar alguns comandos em seu comunicador de pulso. As palavras que saíram de sua boca em seguida encheram meu coração de esperança e receio.

– KJ? KJ? Está na escuta? – Fu perguntou.

– Doutor Fu Lipsz? – A voz metálica do nosso fiel robô navegador ressoou pelo pequeno autofalante em seu punho. – Que bom ouvir sua voz novamente, doutor.

– O alívio é nosso! – Fu continuou. – Que bom que não o desmontaram, companheiro. Consegue ativar o piloto-automático e nos buscar?

– Negativo, doutor – KJ respondeu. – Todas as funções independentes foram desativadas.

– Mas que droga! – Fu exclamou, irritado.

– Mecânico. Planeta. Parvel – Parugh começou a dizer, e todos nos concentramos para tentar entender o que era. – Mecânico entregou. Não Parvel. Dúvida.

De fato, Fenîk havia dito que Roy fora o responsável por nos denunciar, sem mencionar o nome de Parvel e da Valquíria em nenhum momento. Comecei a recordar os acontecimentos e lembrei que as ordens de captura que Parvel havia recebido tinham chegado de manhã, após o nosso encontro.

– Acho que Parugh está tentando dizer que Parvel não quis nos entregar – disse Callandra. – O que deve ter acontecido foi que Roy dedurou nossa posição para Kildar assim que saímos da Hati em direção a Nii, e eles, por sua vez, devem ter disparado a ordem de captura para a nave de patrulha mais próxima de Neônico. E foi aí que Parvel recebeu a ordem de nos levar.

– Isso faz sentido... – Levei a mão ao queixo e comecei a pensar alto. – Daí ele deve ter reportado que havíamos fugido e tentou nos seguir, mas o general ordenou que Feník viesse pessoalmente, pois ele já estava envolvido na história desde Gurnefhar!

– Acho que o general não quer envolver mais ninguém na história – Fu concluiu. – Quando Parvel o confrontou, ele mencionou apenas os acidentes de destruição de patrimônio, não foi? Basque não pode dar mais detalhes do que aconteceu, pois isso implicaria em revelar o seu plano.

Seguimos em frente pela rua e vimos um grande grupo de humanos e ígneos entrando em suas casas e comércios, amedrontados com o barulho das explosões e disparos de canhões que começavam a ser ouvidos a distância. Alguns soldados se apressavam para o pátio onde a luta acontecia, prontos para prestar apoio a Nathara. Eu não conseguia arriscar quem estava vencendo, uma vez que os nativos tinham o terreno como vantagem, enquanto os soldados de Feník e Jona possuíam as armas de fogo ao seu dispor.

Nós corríamos e nos aproximávamos cada vez mais da torre de comando quando, de repente, sentimos um turbilhão de vento vindo de cima de nossas cabeças, junto com um forte ronco de motores. Vimos uma grande nave branca dando um voo rasante pelo céu de Ígnir, cortando as nuvens pretas. Ela então desacelerou e pousou entre nós e o portão de ferro.

Estávamos frente a frente com a Valquíria.

26

Mas a questão era que nós não queríamos ficar de frente com a Valquíria.

Parugh apanhou Fu pela cintura e o levou para seu ombro. Aira, por sua vez, se transformou no lobo prateado e imediatamente abaixou a cabeça para que o pequeno murchi vermelho subisse junto comigo e com Callandra em suas costas. Ela então trocou olhares com o poliarmo e os dois dispararam para a direita, seguindo a rua em direção ao Monte Fahi, se distanciando da torre de comando de Nathara.

Aira saltava com pressa por cima das rochas e nós agarrávamos em seu pelo para não cair, tamanha era a velocidade com que se movia. Passamos por casas, bancas e cavernas graciosamente e sem nenhuma hesitação. Parugh mantinha o ritmo ao nosso lado, mas, em vez de pular sobre as pedras, ele as destruía com golpes poderosos de seus braços.

Conforme corríamos pela via, nos deparamos com vários soldados ígneos fazendo sinais para que parássemos de fugir e retornássemos para a torre; era óbvio que não sabiam o que estava acontecendo. Por sorte, Aira e Parugh ignoraram a todos, mas pude ver quando alguns deles se abaixaram e tocaram o pavimento depois de nossa passagem. A terra, por consequência, aquecia com rapidez e vapor quente subia ao nosso redor junto com fagulhas de lava que explodiam dos filetes que serpenteavam pelo chão. Nathara provavelmente não havia tido tempo de avisar as tropas sobre o ataque de Fenîk, mas nós não podíamos parar e explicar nada.

Um rugido estrondoso cortou então o ar e nos assustou. Olhei para trás e vi os soldados ígneos arregalando os olhos quando a Valquíria começou a nos perseguir.

– Vamos subir o Monte Fahi! – sugeriu Callandra, gritando para que Aira pudesse ouvi-la.

– Não! – respondi, interrompendo-a. – Eles estão em vantagem, voando! A subida vai deixar Parugh e Aira lentos!

Aira soltou um uivo curto para que Parugh olhasse para ela, e ambos seguiram em direção ao monte. Em vez de subir, passaram a contorná-lo. Quando nos aproximamos do pé da montanha, um pequeno terremoto abalou o solo novamente, quase nos fazendo perder o equilíbrio, e gotas incandescentes começaram a cair do céu uma vez mais. Perdemos a vista da Valquíria por alguns instantes, mas só para ver aproximadamente dez aeromotos passando por cima de nossas cabeças e pousando na nossa frente, tentando barrar nosso caminho. Os pilotos, que variavam entre homens e mulheres, desceram de seus veículos e tocaram, todos juntos, a lateral do vulcão com o punho cerrado.

O que não podia significar nada de bom.

Então outro terremoto ainda mais forte nos abalou, e dessa vez nem Aira nem Parugh conseguiram manter seu equilíbrio. Caímos no chão. Do alto da montanha, bolas de fogo começaram a ser expelidas para cima, caindo do céu juntamente com as gotas da chuva flamejante.

Várias chamas se espalhavam em nossos uniformes, e tentávamos desesperadamente extingui-las aos tapas. Quando olhei para Aira, vi o pequeno murchi saltando de um lado para o outro sobre o seu dorso, abocanhando os pontos incandescentes que tentavam se formar na sua pelagem prateada.

– Parem! – Uma ígnea de cabelos curtos levantou a mão ao falar. – Onde está a comandante Lemon?

– Nós não temos tempo para explicar! – Tentei persuadi-la, antes que a Valquíria voltasse a rasgar o céu atrás de nós. – A comandante está sendo atacada na pista de pouso por soldados de Kildar e precisa de apoio!

— E vocês estão fugindo por quê? — ela indagou novamente. — Vocês têm alguma coisa a ver com isso?

Olhei para Callandra e Fu, receoso. Aquela era uma pergunta complexa, porque por um lado, sim, nós tínhamos tudo a ver com aquilo. Claro que nada justificava que eles jogassem bolas de fogo em cima de nós, mas não conseguiríamos explicar tudo que estava acontecendo.

Nem um plano de fuga nós tínhamos!

— Nathara pode explicar para vocês — Fu começou. — Ela pediu que voltássemos até a torre para buscar reforços. Eles estão lutando em desvantagem numérica! É melhor vocês se apressarem!

— Mas isso não explica o fato de vocês estarem fugindo, e sendo perseguidos por aquela nave branca! — A ígnea seguia desconfiada. — Vocês terão que voltar conosco.

As bolas de fogo então pararam de cair e os ígneos se aproximaram de nós, formando um círculo em nossa volta. Alguns pegaram lanças de suas aeromotos, outros apenas cruzaram os braços para nos encarar. Um deles se abaixou e tocou o chão, aquecendo gradativamente o solo abaixo de nossos pés.

Aira rosnava incomodada e Parugh, ao seu lado, suava intensamente. Fu arfava como se ele mesmo tivesse percorrido toda aquela distância a pé, e eu olhava para os lados, tentando encontrar alguma brecha que permitisse nossa fuga mais uma vez. Pelo ponto de vista deles, nossa história estava muito mal contada, e eu não podia culpá-los pela desconfiança.

Foi quando olhei para o lado e vi Callandra andando para a frente, tirando um objeto brilhante do bolso de seu casaco, levantando-o para o alto.

– Este rubi é prova de minha força e minha linhagem! – A pedra cintilava em sua mão, como se tivesse luz própria. – Em Ígnir a lealdade é a maior das virtudes! – gritou. – Eu sou leal a Nathara e ela é leal a Pyria e a este planeta. Meu nome é Callandra Lemon e estes são meus companheiros. Minha irmã precisa de suporte imediato!

Um arrepio na espinha me paralisou por completo, como se uma onda de choque tivesse me atingido. Callandra segurava o rubi com força e determinação, e sua voz ardia como fogo ao repetir as palavras da irmã. Um a um, os ígneos começaram a recuar e trocar olhares. Por fim, bateram continência e voltaram para suas aeromotos.

– Se você tem a confiança da comandante, tem também a nossa – disse a ígnea, com tranquilidade, antes de voltar velozmente pelo caminho que havíamos traçado.

Embora o momento pedisse um agradecimento e um abraço caloroso, não pudemos baixar nossa guarda.

Segundos depois da partida dos ígneos, a grande Valquíria pousou novamente em nossa frente.

27

A rampa de desembarque se abriu e revelou os três integrantes da tropa Delta caminhando receosos para fora da nave. Parvel segurava uma pistola de plasma, enquanto Reael parecia estar desarmado. A misteriosa garota de cabelos azuis, entretanto, apontava uma ameaçadora bazuca, completamente diferente de todas as armas que eu já tinha visto: de cor azul metálica, possuía diversas alavancas, botões, miras e luzes piscando. Conforme ela descia pela rampa, digitava combinações num pequeno teclado branco ao lado do cano de disparo.

O vento abafado levantava o pó preto do chão de Pyria e pequenos redemoinhos ardentes se formavam próximos aos nossos pés, fazendo as finas gotas de fogo, que continuavam a cair, dançarem com elegância pelo ar quente.

Encaramos a equipe de Parvel, frente a frente. Fu e Callandra sacaram suas pistolas de fogo, enquanto eu segurava a bainha da espada de plasma que havia pegado na Hati. Aira cerrou os dentes afiados, e Parugh levantou os quatro braços musculosos, pronto para partir para o ataque, caso fosse necessário.

– Luminus! – gritou Parvel, cortando o silêncio. – Não precisa ser assim. Venha conosco em paz.

– Pela última vez, Parvel – respondi, impaciente. – Eu não sou seu inimigo!

Ele então olhou para baixo, deu um suspiro fundo e estalou os dedos. A menina de cabelos azuis apoiou um dos joelhos no solo, mirou e sem hesitação apontou a bazuca para nós. O disparo foi imediato. Uma esfera azul brilhante de energia zuniu pelo ar e atingiu Callandra em cheio, derrubando-a para trás. Quando seu corpo tocou o chão, a bola disforme se transformou em uma grande algema, circundando seus braços e tórax, imobilizando-a.

Após o baque, Callandra tentava com desespero recuperar o fôlego que havia fugido de seus pulmões. Rapidamente, Fu e eu nos abaixamos a seu lado para tentar quebrar a algema de alguma forma, mas, assim que nos aproximamos da vibrante aura azul do objeto, uma descarga elétrica nos atingiu e nos arremessou para trás.

Enfurecidos, Parugh e Aira dispararam em frente. Reael bateu suas asas e içou voo para o contra-ataque, alcançando-os em questão de segundos.

Quando o poliarmo girou o tronco para acertar um golpe contra seu bico, o volaris mergulhou para baixo e pousou no chão, bem em frente do corpo laranja de nosso companheiro. Ele então empurrou o chão com os pés e apontou a cabeça para cima, atingindo Parugh no peito, fazendo-o gritar de dor. Aira tentou mordê-lo durante a ofensiva, mas sua velocidade no ar era impressionante.

Eu me levantei um pouco atordoado e corri em direção a Fu, para ajudá-lo a se recompor. Callandra seguia se debatendo no chão, mas a algema de energia não cedia de jeito nenhum. À frente, a menina de cabelos azuis parecia já ter aprontado sua arma para um segundo disparo e, daquela vez, a mira vinha em minha direção. Ela apertou o gatilho e o tiro de energia foi exatamente igual ao primeiro.

– Odra! – Fu tinha recuperado o equilíbrio e conseguido se levantar. Com um golpe, ele me empurrou para o lado e a esfera azul o envolveu, imobilizando seus movimentos e prendendo seu corpo ao chão.

– Fu, seu idiota! – gritei, confuso com o que havia acabado de acontecer.

– Pega logo ele, Odra! – esbravejou Fu, tentando conter um grito de dor.

Olhei para o lado para ver como estava a luta e vi quando Aira, arfando, conseguiu finalmente desferir uma cabeçada contra o peito de Reael, fazendo-o recuar para trás, desnorteado. Parugh deu um salto em sua direção, agarrou suas asas usando os quatro braços e começou a girar. Depois de duas ou três voltas, soltou um urro assustador e arremessou o volaris para a frente, fazendo-o se chocar contra uma rocha próxima.

Saí correndo em direção à Valquíria e vi Parvel dizer alguma coisa para a garota, que passou a apertar diferentes botões e a girar engrenagens no cano da arma. Pouco depois, ela apontou para a frente uma terceira vez, mas, em vez de disparar uma esfera de energia, inúmeros projéteis em formato de espinho foram lançados em minha direção. Agindo por puro reflexo, apontei o bracelete para a frente e vi o escudo de luz se materializar num clarão, absorvendo todo o impacto dos tiros, que continuavam incessantemente.

Os espinhos atingiam o escudo com força e eu mal conseguia me mover por conta do impacto. Não aguentaria por muito mais tempo e então, como se tivesse lido meus pensamentos, Aira pulou na minha frente e me protegeu com seu dorso, recebendo todos os disparos na lateral do corpo. Parugh correu também para trás dela e olhou nos meus olhos.

– Escudo. Resiste. Lâmina. Desarma. – E fez um gesto de corte com uma das mãos, que eu entendi de imediato.

Aira gania e franzia o focinho de dor, e seu amigo murchi não saía do topo de sua cabeça. Parugh se abaixou, apoiou as costas contra seu pelo prateado e colocou as quatro mãos juntas na frente do corpo. Com a cabeça, indicou que eu subisse nelas, e eu obedeci.

Assim que pisei em seus braços, ele me jogou para o alto, por cima de Aira e em direção à Valquíria. Meu escudo de luz permaneceu ativado durante o voo e, com a mão livre, saquei minha espada luminosa no ar. Supresos, os olhos de Parvel e da garota se arregalaram e ela apontou sua bazuca para cima, mas a força da gravidade me ajudou a repelir os espinhos. Quando pousei em sua frente, senti uma dor lancinante nos pés, mas consegui usar a lâmina para cortar o cano ao meio, fazendo-o explodir numa nuvem de faíscas azuis.

– Kirian! – gritou Parvel ao amparar a companheira após a explosão da bazuca.

Assim que a arma se despedaçou, as algemas de energia que prendiam Callandra e Fu se dissiparam no ar, deixando-os livres. Naquele momento, eu poderia ter desarmado Parvel e tomado o controle da Valquíria com facilidade; afinal de contas, todos os integrantes da frota Épsilon estavam bem, e apenas dois de seus companheiros haviam sido nocauteados.

Callandra se aproximou de Aira para cobri-la enquanto ela recuperava sua forma humana, e Fu e Parugh correram em direção a Reael para garantir que ele seguiria desacordado. Nós tínhamos a vantagem em nossas mãos e, com a nave, poderíamos prestar ajuda a Nathara na pista de pouso, além de recuperar a Ragnarök mais rapidamente. Agora que não contávamos mais com a Hati ao nosso lado, precisaríamos de transporte, e eu duvidava que a comandante fosse nos emprestar a majestosa Dellingr para sair de seu planeta.

Porém, mais importante que uma nave, naquela situação, era obter aliados, por mais que tivéssemos acabado de conseguir o apoio de Nathara e seu exército. No meio de tantas mentiras e conspirações, amigos nunca eram demais. Nós estávamos falando de ir contra o general e todo o exército kildariano.

– Parvel – eu disse, guardando meu escudo e minha espada, finalmente –, nós precisamos conversar.

28

Parvel nos convidou para entrar na Valquíria. Com a ajuda de Parugh, levamos Reael e Kirian para dentro e os deitamos em seus dormitórios para que pudessem se recuperar. Fu se prontificou a tratar seus ferimentos, e Callandra auxiliou Aira a se sentar em uma poltrona para que também recebesse cuidados.

O interior da nave era espaçoso: havia um depósito, aposentos individuais para a tripulação, uma sala de máquinas e a cabine de controle – tudo conectado por um longo corredor bem iluminado, que seguia o padrão de cores da carenagem externa.

Caminhei com Parvel até o painel principal e contei a história desde o começo, tentando incluir o máximo de detalhes possível. Expliquei sobre a aventura em Blum, sobre o bestiário perdido, a Cidade Velha e o plano maligno de Zarden Umbrotz.

Essa parte ele já sabia, mas a sequência que envolvia a aventura em Numba, a caverna com o ogro, o episódio com o xerife Zalir e a visita ao centro de detenção em Kildar era novidade.

Como ele tinha me dito em Neônico, nós estávamos sendo acusados pela destruição de patrimônio histórico, mas o resto da narrativa não havia sido contado, naturalmente. Como Fu havia sugerido, o general Basqe não podia falar dos dragões abertamente, senão as pessoas começariam a fazer perguntas desnecessárias.

– Daí vocês conseguiram fugir de Gurnefhar e o planeta mais próximo era Neônico – ele concluiu.

– É. E lá você já sabe o que aconteceu – falei. – Depois que saímos de Nii, decidimos voar para Ígnir, para tentar conseguir apoio dos rebeldes. Como a irmã da Callandra não está sob influência do general, ela era nossa única esperança. O Fenîk sabe que você está aqui?

– Honestamente, acredito que não – ele respondeu, dando um suspiro profundo. – Quando estávamos em Neônico, eu reportei que vocês tinham fugido e recebi apenas ordens de aguardar. Nada mais depois.

– Acho que eles não esperavam que fugíssemos depois que Roy nos entregou. A ação era para ser rápida... Como escapamos, Fenîk assumiu o trabalho, já que o general recebia nossa localização diretamente da Hati.

– Sim.

– E como você descobriu que estávamos aqui?

– Desde que você falou comigo sobre os planos do general, eu não soube mais em quem confiar e fiquei bastante dividido. Afinal de contas, alguma coisa me dizia que em toda aquela história estavam faltando pedaços. Daí nós três discutimos e resolvemos investigar por conta própria para tirar nossas conclusões. Desativei o localizador da Valquíria e tentei seguir vocês pelo espaço, mas os perdi de vista na nuvem de asteroides. Foi quando decidimos ligar o mapa estelar e vimos a Ragnarök rumando para Ígnir. Não podia ser coincidência.

– Eles não desligaram os sistemas de localização?

– Aparentemente não.

– E o que você vai fazer agora? – perguntei, receoso. Cruzei os braços e olhei fundo em seus olhos.

– Eu não posso dizer que estou confortável em abrigar vocês na Valquíria – Parvel admitiu. – Mas eu ainda tenho o sentimento de que tem algo errado acontecendo. Pode ficar tranquilo que não vou entregar vocês e espero que vocês confiem em mim. Fiquem conosco o tempo que precisarem. Nós vamos ajudar vocês a colocar isso a limpo.

– Obrigado, Parvel.

Ouvimos uma batida vinda da rampa de desembarque e fomos averiguar. Nerus, o soldado ígneo que acompanhava Nathara, estava em pé na frente da nave, próximo a uma aeromoto. Ele segurava o rádio intercomunicador em uma das mãos e fez um sinal para que descêssemos.

– Vim informá-los que o capitão Fenîk e os soldados de Kildar partiram em retirada.

Aquela notícia foi um bálsamo para meus ouvidos. Assim que ele terminou de falar, desabei sentado no chão e uma lágrima quente escorreu do meu olho esquerdo. Finalmente teríamos momentos de paz, mesmo que fossem temporários. Eu estava aliviado que as coisas estivessem começando a dar certo, mas fiquei triste em saber que minha querida nave e meu querido robô navegador haviam partido para longe outra vez.

Parvel correu para dentro da nave e voltou com Fu e Callandra para que eles soubessem das boas notícias. Apanhei então o rádio de Nerus e tentei contactar Nathara, que respondeu efusivamente. Uma longa gargalhada de início.

– Conseguimos mandar aqueles idiotas de Kildar de volta ao lugar deles!

– Obrigada, irmã. – Callandra se aproximou para falar.

– Não há o que agradecer, querida. Soube que você gritou e deu ordens para meus soldados! – Mais uma onda de risos. – Se não fosse por isso, provavelmente ainda estaríamos lutando. Você tem sangue fervente nas veias!

– Ambas temos. – Callandra riu ao responder.

— Agora ouça bem, Luminus, o novo capitão da sua nave disse que voltará para cá com maior poder de fogo para capturá-los, então eu sugiro que vocês saiam daqui o quanto antes. Pode deixar que eu seguro os ataques quando ele voltar. Forjamos hoje uma aliança inquebrável e eu vou até o fim do universo para desbancar o Basqe e seus dragões patéticos.

— Obrigado, comandante Lemon.

— Há algo mais que eu possa fazer por você?

— Sim — eu respondi, confiante. — Preciso da Dellingr emprestada para poder recuperar a Ragnarök.

— Luminus, a sua cara de pau não tem limites — disse Fu, em tom de reprovação.

— Mas isso só por cima do meu cadáver. — A voz de Nathara ficou séria e grave de repente. — Cuidado com a sua insolência, garoto. Eu posso, no máximo, levar vocês para um planeta vizinho e pedir para meus soldados alugarem uma nave pequena.

— Acredito que isso não seja necessário, comandante Lemon. — Foi a vez de Parvel se aproximar do rádio. — Meu nome é Parvel Calister e sou capitão da Valquíria, da tropa Delta de Kildar. Pode deixar que nós nos encarregamos disso.

— Ótimo, capitão Calister — disse ela, com a mesma efusividade de antes. — Considere-se então em nossa aliança. Aliados de Callandra são meus aliados também. Avisem Nerus se precisarem de algo mais.

Ela desligou a conexão e Nerus guardou o intercomunicador no bolso da farda. Perguntou se podia fazer mais alguma coisa, mas dissemos que não e ele se despediu, nos desejando sorte, qualquer que fosse nosso plano em seguida.

Subimos de volta para a sala de controles da Valquíria, e Parvel ligou o mapa estelar. Precisávamos recuperar as páginas do bestiário e descobrir onde estavam as máquinas de reavivamento dos dragões, além de conseguir mais aliados que aceitassem ir contra a grande força que o general Basqe representava em nossa galáxia.

Olhei para meus companheiros e pedi que Parvel ligasse as turbinas da Valquíria.

Eu tinha uma nave para recuperar, nem que fosse à força.

NOTA DO AUTOR

Quanto mais eu escrevo sobre as peripécias da frota Épsilon pela galáxia, mais eu tenho vontade de escrevê-las. É como se as cenas passassem feito um filme na minha cabeça e quando eu finalmente consigo colocá-las no papel (depois de vários momentos intensos de dor e indecisão, diga-se de passagem), a satisfação é um sentimento bem difícil de descrever.

Mas é maravilhoso.

Espero que vocês, queridos leitores, tenham gostado de acompanhar Luminus mais uma vez pelo espaço e que tenham achado a Hati confortável durante a viagem. Posso dizer que a Valquíria é bem mais espaçosa e que os novos aliados da tripulação da Ragnarök são bem mais agradáveis que o traiçoeiro Roy Quita'mari, disso podem ter certeza! Mal posso esperar para dar mais espaço para Parvel, Reael e Kirian na aventura e ainda quero mostrar tudo que a comandante Nathara é capaz de fazer com seu poderoso exército ígneo.

A rebelião contra o general começa a tomar forma e já adianto que a próxima aventura (sim, teremos o quarto volume em breve) tomará proporções ainda maiores.

Mas uma coisa de cada vez.

Obrigado, mais uma vez, pela confiança, pela imaginação e pelo carinho com os personagens. Luminus, Callandra, Fu, Parugh e Aira agradecem cada desenho, cada resenha, cada avaliação e cada recomendação de vocês. Não me canso de dizer que sem o apoio de vocês, leitores, a Ragnarök nunca levantaria voo.

Agora vamos em frente, que um livro não se escreve sozinho!

Vejo vocês por aí!